AF498759

Levin Schücking

Die Diamanten der Großmutter

e-artnow 2018

Alexander Puschkin
Die Hauptmannstochter: Historischer Roman

Walter Scott
Ivanhoe: Historischer Roman

Stendhal
Die Kartause von Parma

Oskar Meding
Kreuz und Schwert: Historischer Roman

Levin Schücking
Der Kampf im Spessart (Historischer Roman)

Georg Ebers
Im Schmiedefeuer (Historischer Roman aus dem alten Nürnberg)

Karl Kraus
Die letzten Tage der MenschheitTragödie in 5 Akten mit Vorspiel und Epilog

Ludwig Ganghofer
Das Gotteslehen (Historischer Roman aus dem 13. Jahrhundert)

Henri Barbusse
Das Feuer: Tagebuch einer Korporalschaft

August Sperl
Burschen heraus! (Historischer Roman - Napoleonische Kriege): Befreiungskriege - Geschichte aus der Zeit unserer tiefsten Erniedrigung

Levin Schücking

Die Diamanten der Großmutter

e-artnow, 2018
Kontakt: info@e-artnow.org

ISBN 978-80-268-8971-7

Inhaltsverzeichnis

1.

In den letzten Septembertagen des Jahres 1870 saß eine Gesellschaft deutscher Officiere, ein Hauptmann und drei Lieutenants – just so viel, wie zur Führung einer Compagnie genügen, wenn ein intelligenter Vicefeldwebel sie mit seiner Einsicht unterstützt – in dem kleinen, terrassenförmig angelegten Garten eines Restaurants in einem französischen Städtlein, das den Namen Void führt und im obern Maasthal liegt. Die Maas ist hier noch ein sehr bescheidenes Gewässer, sie ist eben aus dem wasserreichen Schooß der Sichelberge entsprungen, um an ihrem linken Ufer das berühmte Vaucouleurs zu bespülen; eine Strecke weiter abwärts schlägt sie nach Nordost einen Bogen, an dessen Ende, am Fuß ansehnlicher Höhen Void liegt, und wendet sich dann wieder dem Norden zu, um zunächst Commercy, die alte Residenz der Herzöge von Lothringen und Bar, zu berühren, dessen schönes Schloß mit seinen Erinnerungen an den guten König Stanislaus, an Voltaire und an die »divine Emilie«, die Marquise du Chatelet, jetzt eine große Caserne ist.

Commercy selbst war damals ein wichtiger Etappenplatz für die deutschen Heere, die auf der großen Straße von Nancy nach Paris zogen – zur Sicherung des Punktes hatte man in das hier sich öffnende Maasthal aufwärts hinein, und zwar in den nächsten bedeutenderen Ort, unser Void, eine Compagnie Truppen gelegt, die aus norddeutscher Landwehr bestanden und die Aufgabe hatten, die Thalstraße zu bewachen und die von Langres her durch das Thal abwärtsführende Eisenbahn im Auge zu halten, nachdem man sie unfahrbar gemacht hatte.

Es war ein ziemlich leichter Dienst, der unsrem kleinen Corps zu Theil geworden; das Einzige, was eine gewisse Wachsamkeit nothwendig machte, war der Umstand, daß sich Haufen Franctireurs in den Vogesen gebildet hatten und von dort oder von der Festung Langres her einen Handstreich wider die große Heerstraße der Deutschen ausführen konnten; aber auch das war in diesem Augenblicke nicht wohl mehr denkbar, weil das vierzehnte Armeecorps unter dem General von Werder sich eben zu seinem Marsch auf Epinal rüstete, um jene Banden zu zerstreuen; seine Vorhut unter dem General Degenfeld war bereits auf dem Marsche, der sie zu dem Gefechte von Raon l'Etape führte – und diese Bewegungen sicherten unser Commando jetzt eben ziemlich vollständig gegen die Gefahren, welche ihnen vom Süden her drohen konnten.

Es war also ein ruhiger Garnisondienst, den sie zu üben hatten – mit Exercitien wurden die biederen Landwehrmänner verschont; wenn die Streifpatrouillen ausgesendet, die regelmäßigen Rapporte nach Commercy abgeschickt, die Posten revidirt waren, so blieb den Officieren nichts übrig, als sich die Zeit zu vertreiben, so gut wie möglich, und als Schauplatz ihrer auf dieses Ziel gerichteten vereinten Thätigkeit hatten sie den hübschen Garten des Restaurants gewählt, der, durch eine sehr hohe Futtermauer von der Hauptstraße des Ortes getrennt, so hoch lag, daß man aus dem Billardsaale in der Beletage des Hauses durch eine Glasthür hineintrat. Alte Kastanienbäume beschatteten ihn; am Ende auf einer Erhöhung lag ein von Reben umsponnener Pavillon, aus dem man eine sehr hübsche Aussicht auf das reizende, offene und fleißig angebaute Thal der Maas, seine Wiesen, Rebenhügel und waldgekrönten Bergzüge hatte.

Die Officiere saßen in dem Pavillon um einen runden Tisch, der mit Flaschen und Gläsern bedeckt war; sie spielten Karten, Whist, aber mit dem Blinden, denn Einer aus der Vierzahl hatte vorhin ermüdet die Karten weggeworfen und war auf die Gartenterrasse hinausgegangen; er stand, mit den Armen sich auf die Mauerbrüstung lehnend und sich über sie beugend, und blickte wie zerstreut und in Gedanken verloren in das Thal hinaus.

Es war ein schlanker junger Mann von etwa dreißig Jahren, mit einem feingeschnittenen aristokratischen Kopfe; er hatte dunkles Haar, große, ein wenig vorliegende blaue Augen, die von breiten Lidern halb verschleiert waren, und einen zwar hoffnungsvollen, aber jetzt noch struppigen, häßlichen Ansatz zu einem Vollbart, ein Product des Feldlebens, das noch zu jung war, um nicht in seinem jetzigen Stadium der Entwickelung seinen Eigenthümer mehr zu entstellen als zu schmücken. Der einsame Stern unter der Regimentsnummer auf seiner Epaulette bezeichnete ihn als den Premierlieutenant bei seiner Truppe.

Max von Daveland, so hieß unser Unterbefehlshaber über die Schaar gesetzter Männer, welche Void occupirt hatte, war stets ein fleißiger und thätiger Mensch gewesen und schon seit ein paar Jahren an angestrengte amtliche Thätigkeit gewöhnt. Der Müßiggang in dem kleinen fremden Garnisonsorte drückte ihn – um eine Beschäftigung für seine Gedanken zu haben, hatte er etwas gethan, wozu er daheim bei seinen Studien und Arbeiten noch nie ernstlich Zeit gefunden – er hatte sich verliebt, aber freilich in mehr als platonischer Weise, in partibus infidelium, würde sein Freund Hartig, der Vicefeldwebel, mit Beziehung auf die Französin gesagt haben; verliebt in eine Fremde, Unbekannte, in einen bloßen Schatten, ein farbloses Bild, aber doch ein Lichtbild – nicht blos in seiner Phantasie war sie das, sondern in Wirklichkeit war ein Lichtbild bisher Alles, was er von der Unbekannten, mit der seine Träume sich beschäftigten, gesehen. Die Officiere hatten eines Tages zum Zeitvertreib bei dem Photographen von Void einen Einbruch gemacht und sich von ihm zu einem Bilde gruppiren lassen, das ihnen zur Erinnerung an die gemeinsam verlebten Tage dienen sollte. Bei dieser Gelegenheit war Max Daveland auf ganz eigenthümliche Weise von einer Photographie betroffen worden, die er im Atelier des Künstlers unter dessen früheren Werken ausgestellt gefunden. Es war ein sogenanntes Cabinetsbild und stellte eine junge Dame von etwa zwanzig Jahren vor, deren von einem höchst anmuthigen Oval umfaßte Züge etwas außerordentlich Klares und Edles in den fest und bestimmt gezeichneten Linien und dabei nichts vom französischen Typus hatten, einen weichen und doch so offenen und freien Ausdruck; etwas von deutscher Gefühlsweise oder Innigkeit blickte unter den breiten halbgeschlossenen Lidern hervor, die an Maxens eigene erinnerten. Als die andern Officiere durch Maxens lange Betrachtung auf das Bild aufmerksam wurden, sagte der Hauptmann Sontheim:

»Das hat etwas von deutscher Race, und ist gewiß eine Elsässerin!«

Und Hartig, der intelligente Vicefeldwebel, fand, daß Daveland nur so lange vor dem Bilde stehe, um daran die Wirkung halbverschleierter Augen, mit der er selber zu kokettiren pflege, zu studiren. Daveland aber hörte nicht auf diesen Scherz des Cameraden, er blickte auch eben nicht mehr auf die Züge, die ihn so lange gefesselt hatten, sondern auf etwas Anderes, den alterthümlich gefaßten Ring an der schmalen Hand, auf welche das junge Mädchen im Bilde ihr Kinn stützte. Die Form dieses Ringes hatte etwas, das ihn an alte heimathliche Geschichten erinnerte, an Ereignisse und Verhältnisse, die vor seiner Geburt lagen, die für ihn schon, Dank einer würdigen und redseligen Tante, zu den Traditionen der Kinderstube gehört ...und so kam es, daß ihn der Eindruck, den ihm das Bild gemacht, nicht los ließ – er hatte es mehrmals wiedergesehen, einen Abzug kaufen wollen, aber vom Photographen eine abschlägige Antwort erhalten – das Bild gehörte einem jungen Mädchen aus der Gegend an, der Mann war nicht autorisirt, es in fremde Hände gelangen zu lassen.

Seitdem waren etwa vierzehn Tage vergangen. Es hatte sich bereits über das Lichtbild ein leiser Schatten gelegt, es hatten die ursprünglich so lebendig und so fesselnd vor seinem innern Auge stehenden Züge zu verschwimmen begonnen – die Zeit ist wie eine schwere Ackerwalze, die Alles, was der Tag und der Zufall in uns aufwühlt und emporzieht und an Entschlüssen und Vorsätzen oder Empfindungen aufsprießen läßt, unbarmherzig wieder glatt walzt und in das flache Tageseinerlei einebnet. In diesem Augenblicke war Max Daveland, als er so auf die hohe Terrassenmauer sich lehnte und über sie fort auf die Straße blickte, nicht einmal in Gedanken mehr bei seiner Unbekannten, und so unterbrach ihn auch der Hauptmann nicht, als dieser ihm aus dem Pavillon zurief:

»Der Robber ist zu Ende – willst Du nicht wieder eintreten, Daveland?«

»Ich danke, Sontheim,« antwortete Max mit einem Seufzer – »ich finde dies ewige Whist langweilig ...«

»Sie warten wohl auf die hübsche blonde Nicaise, um ihr den Hof zu machen?« rief Hartig herüber.

»Das giebt Ihnen nur die Eifersucht ein, Hartig – ich habe mich mit Ihrer blonden Kellnerin nie anders beschäftigt, als um ihr so viel Deutsch beizubringen, daß sie Ihre falsch accentuirten Liebeserklärungen verstehen kann!«

»Unnütze Mühe,« rief hier ein Anderer der jungen Leute aus, »Hartig's Gefühle werden ihr immer unverständlich bleiben.«

»Was wollen Sie? dies Frankreich ist ein unverständliches Land!« sagte Hartig, ein mitten in seinen Probejahren der friedlichen Kathederthätigkeit entrissener Schulamtscandidat, »ich habe im Examen für französische Sprache die Note ›gut‹ bekommen – und muß nun erleben, daß dies Volk hier nicht sieben Silben von dem, was ich sage, versteht, so wenig wie ich von ihrem Kauderwelsch!«

»Bei der blonden Nicaise bleibt Ihnen ja die Sprache der Augen und der Mimik,« entgegnete Hauptmann Sontheim, »oder haben Sie dafür im Examen auch ›gut‹ bekommen?«

»Wahrscheinlich, denn Nicaise lacht darüber erst recht!« rief der Secondelieutenant Merwig.

»Da Sie also bei Nicaise kein Glück haben, Hartig,« fuhr Daveland fort, »sollten Sie sich als deutscher Jüngling von der prosaischen Gegenwart mit ihren spröden Kellnerinnen ab- und der romantischen Vergangenheit zuwenden. Ist Ihnen noch nicht eingefallen, daß es im Schiller heißt: ›Er steht nicht eine Tagereise weit von Vaucouleurs ...‹ *Wir* stehen nicht eine Viertelta-gereise weit von Vaucouleurs! Machen Sie einen Ausflug mit mir nach Domremi?«

»Ach – der Vorschlag wäre nicht übel; aber Domremi liegt noch weit hinter Vaucouleurs und der Hauptmann Sontheim wird uns dazu keinen Urlaub geben!«

»Um das Haus der Jungfrau von Orleans zu sehen?« fiel der Hauptmann ein. »Welche Idee! Glauben Sie denn an die alten Geschichten, Daveland?«

»Ich glaube an Schiller.«

»An Schiller – nun ja. Ich glaube an Goethe, der irgendwo ganz gelassen sagt: ›Die Ereignisse verlieren durch die Länge der Zeit an Glaubwürdigkeit.‹ Vortrefflich das! Da haben Sie den gan-zen Strauß, Bauer, Renan und so weiter auf den kürzesten und naivsten Ausdruck gebracht! Auf die ›Pucelle‹ wird es nicht minder anwendbar sein. Wenn aber Ihre romantischen Gefühle und der großen Seelen innewohnende Drang zu bewundern Sie durchaus hintreiben ... nun, meinet-halb, doch müssen wir erst wissen, wie weit es denn bis dahin von Void aus ist. Hoffentlich, Hartig, haben Sie nicht auch in der Geographie ›gut‹ bekommen und wissen uns zu sagen ...«

Der Hauptmann Sontheim wurde hier in seiner Rede unterbrochen durch das laute Gerassel eines sich in der tiefen Gasse unter ihnen rasch heranbewegenden Wagens – es war ein leichter offener Jagdwagen mit eleganter Bespannung; ein junger Mann in grauem Staubkittel saß auf einem erhöhten Sitz auf der vorderen Bank und lenkte die Pferde, zwei schöne kräftige Füchse; ein älterer Herr und eine junge Dame nahmen die zweite Bank ein.

Daveland beugte sich, die Ellenbogen aufstemmend, über seine Mauerbrüstung vor; er faßte das auffallend hübsche Gesicht der jungen Dame in's Auge und wechselte plötzlich heftig die Farbe; er verschlang diese feinen leicht geröteten Züge, die sich ihm – sie hatte den geöffneten braunen Sonnenschirm über ihre Schalter zurückgelegt – mit dem Ausdruck einer offenen kind-lichen Neugier zugewendet hatten; ein kleiner blauer Hut mit gelben Blumen bedeckte ihren hellbraunen Scheitel, die Bänder flatterten auf ein Kleid von gelber ungebleichter Seide – es war in der That ein Gesicht ganz von so auffallender Anmuth, von solchem Zauber, wie es vor Da-veland's Phantasie gestanden, denn unverkennbar war sie es, die Unbekannte, das Original des Lichtbildes! – In ihren Augen, wie sie sie zu Daveland aufgeschlagen lag für diesen nun vollends etwas, das wieder an Schiller erinnerte, an den »heiligen Götterstrahl, der trifft und zündet ...«

So rasselte der Wagen heran, und war schon fast gerade unter dem Standpunkte des jungen Mannes angekommen, als diesem plötzlich der Anblick, in den er sich versenkte, vergällt, der mächtig wirkende Zauber auf eine höchst unerwartete und schmerzliche Weise unterbrochen wurde. Der Herr auf dem Vordersitze hatte eben seine lange Kutscherpeitsche nur leicht auf die Kruppe seiner Pferde gelegt und hob sie nun mit einer raschen und kräftigen Schwenkung wie-der in die Höhe – aber so unglücklich oder ungeschickt, daß sie Daveland in's linke Auge fuhr.

Mit einem leisen unwillkürlichen Ausruf des Schmerzes schlug dieser die Hand vor's Au-ge. – Der Hauptmann Sontheim, der sich aus dem Pavillon durch ein offenstehendes Fenster vorgebeugt hatte, um nach dem Wagen zu schauen, war Zeuge des Zufalls geworden und rief im selben Augenblick laut dem Wagen alle französische Flüche nach, deren er habhaft war –

die anderen jungen Männer eilten hinaus, um nach Daveland's Verletzung zu sehen, während Sontheim seine geballte Faust dem Wagen nachstreckte.

Ein paar Leute von der Compagnie kamen die Straße herauf; sie bemerkten die drohenden Gesten ihres Officiers und wandten sich, wie um ihn aufzuhalten, dem Wagen zu. Der Mann auf dem Führersitze peitschte auf die Pferde, aber der ältere Herr hinter ihm war ihm schon in die Arme gefallen; die junge Dame war aufgestanden und sah rückwärts nach der Terrasse, lebhaft redend; sie mußte das, was vorgegangen, sogleich bemerkt haben.

»Ist Ihr Auge verletzt, ist es schlimm?« rief Sontheim herbeispringend aus, während der Philologe schon in's Haus eilte, um kaltes Wasser herbeizuholen.

»Ich weiß nicht,« versetzte Daveland, »ob das Auge verletzt ist – ich denke nicht, es wird nichts auf sich haben, es schmerzt nur abscheulich.«

»Diese tückischen Franzosen!« sagte Merwig. »Ich wette, der Mensch hat es ganz absichtlich gethan.«

»Dann lasse ich als Commandant von Void die ganze Gesellschaft wegen Angriffs auf die deutschen Truppen füsiliren!« sagte halb im Ernst, halb im Scherz der Hauptmann.

Hartig kam mit einer Schale voll Wasser aus dem Hause herbeigeeilt; die hübsche blonde Kellnerin folgte ihm mit einem Tuche. Daveland athmete tief auf, als er über die Schale gebeugt das kühlende Naß auf der getroffenen Stelle fühlte.

»Wer sind die Leute, die vorüberfuhren?« fragte Sontheim die Kellnerin.

»Es wird ein Unglück sein,« versetzte eifrig Nicaise, »ein bloßes Ungeschick – mein Gott, so was kann so leicht kommen, wenn man nicht genau aufpaßt, so leicht!«

»Siehst Du, kleine Schlange, Du denkst auch, es war viel mehr Geschick als Ungeschick bei der Sache, und freust Dich wohl im Stillen darüber – jedenfalls willst Du Deine Landsleute entschuldigen! Wer sind sie?«

»O Monsieur!« antwortete Nicaise mit dem Tone tugendhafter Entrüstung. »Ich mich freuen! Ich sehe doch, wie der arme Herr leidet. …«

»Das sagt mir immer noch nicht, wer diese Menschen sind!« fuhr der Hauptmann fort.

»Da ist der Herr, der es Ihnen selbst sagen wird,« versetzte Nicaise, auf den ältern Herrn deutend, der neben der Dame im Wagen gesessen hatte und der in diesem Augenblicke, rasch aus dem Billardsaale tretend, auf die Gruppe der Officiere zuging.

Es war ein ziemlich großer stämmiger Mann, für einen Franzosen fast zu stämmig gebaut, mit in's Graue übergehendem aschblonden Haar und einem großen ausdrucksvollen Kopfe. Es war eine Art Kopf wie der Gustav Adolph's, ein Gemisch von derben, wettergebräunten Zügen und feinerem, geistig durchgearbeitetem Ausdruck; ein Paar helle stahlgraue und scharfe Augen zeigten unter ihren dichten Brauen eine ungewöhnliche Beweglichkeit – vielleicht war es eine innere Erregung, die sie so rasch von Einem zum Andern in der Gruppe irren ließ, während die Augendeckel sich so nervös zitternd abwechselnd schlossen und öffneten. Ein Bart, der aus der Farbe des Kopfhaares stellenweise in's Fuchsige überging, umrahmte sein Gesicht – seine Kleidung war die eines wohlhabenden Landbewohners.

Er trat, den Hut abziehend, heran, und sich mit Würde verbeugend, sagte er, zur Ueberraschung der jungen Männer in deutscher Sprache – mit einem leichten französischen Accent und einer gewissen Schwerfälligkeit der Zunge, wie sie in Folge mangelnder Uebung eintritt:

»Meine Herren, ich hoffe, daß Sie mit Güte die Entschuldigungen annehmen, die ich komme Ihnen zu machen. Ich brauche Ihnen nicht auszusprechen, in welchem Maße ich erschrocken bin über den ärgerlichen Zufall, der zu Ihrer Verletzung geführt hat, Herr Lieutenant.« Er richtete sich dabei an Max Daveland, der, das nasse Tuch vor das getroffene Auge haltend, jetzt mit dem andern ihn musterte.

»Es war allerdings ein sehr sonderbarer Zufall,« fiel ganz ungerührt durch die würdige Weise des Herrn und grollend Sontheim ein. »Es bedurfte nur sehr geringer Vorsicht, ihn zu vermeiden. Sie sahen doch, daß hier auf der Terrasse ein preußischer Officier stand, der …«

»Mein Gott, ich sah es, meine Tochter sah es auch! Aber mit der Führung der Pferde beschäftigt, sah es mein Freund, der den Schlag so unglücklich führte, nicht … mein Freund wird jeden Augenblick zu jeder Genugthuung, die er geben kann, bereit sein – ich hoffe jedoch, Sie, der zunächst betroffen ist,« wandte der Fremde sich wieder an Max Daveland, »werden den Ausdruck des aufrichtigsten Bedauerns und die Bitte um Verzeihung, die ich Ihnen ausspreche, mit Güte aufnehmen und mir glauben, wenn ich Ihnen versichere, ich gäbe Alles darum, wenn ich die Verletzung ungeschehen machen könnte.«

Max, in der Rechten das triefende Tuch, das er an sein Auge drückte, streckte die Linke gutmüthig lächelnd dem fremden Herrn hin, in dessen Zügen sich wirklich unverkennbar ein so aufrichtiges Bedauern malte; der Mann befand sich in einer peinlichen Lage und mußte als Franzose diese Demüthigung von den feindlichen Officieren doppelt empfinden; Daveland that Alles, um ihr ein Ende zu machen.

»Der Schmerz schwindet, und das wird Alles sein,« fuhr er fort; »das Auge ist nicht verletzt, fühl' ich; es ist nicht der Mühe werth, so viel Aufhebens davon zu machen; wirklich, es ist nicht der Mühe werth; es thut mir leid, daß Sie Ihre Fahrt deshalb haben unterbrechen müssen, und ich danke Ihnen herzlich für Ihre Theilnahme!«

»Man kann die Sache nicht liebenswürdiger aufnehmen, als Sie es thun, mein Herr,« antwortete der Fremde, dessen Züge bei diesen Worten sich sehr erhellten und eine gewisse Spannung verloren; »ich möchte mich nur überzeugen, daß Ihr Auge wirklich keinen Schaden gelitten – sonst würde ich mir erlauben, Ihnen meinen Arzt zu schicken, einen geschickten Mann, der hier in Void wohnt …«

»Es bedarf dessen gewiß nicht,« versetzte Daveland. »Sie sind also hier aus der Nachbarschaft daheim?«

»Ich wohne nur eine starke Stunde thalaufwärts.«

»Ah, so können Sie uns gewiß sagen, wie weit Domremi von hier ist?« fiel hier, weniger um der Sache willen, als um die friedliche Wendung, welche das Gespräch nahm, zu erhalten, seinerseits der Hauptmann Sontheim ein.

»Genau sechs Stunden.«

»Also ein wenig zu weit für einen Spazierritt an einem dienstfreien Nachmittage,« versetzte Sontheim.

»Wenn die Herren einen Spazierritt thalaufwärts machen wollen, würde allerdings mein Haus ein bequemeres Ziel für Sie sein,« antwortete höflich der Fremde; »es würde mir eine große Freude sein, Sie da zu bewirthen und mich bei dieser Gelegenheit zu überzeugen, daß Sie« – er wandte sich wieder an Max – »durchaus keine Folgen von dem ärgerlichen Zufall davongetragen haben. Werden Sie mir diese Freude machen? Ihr Versprechen wird mir am besten beweisen, daß Sie uns verziehen haben.«

»O, wenn das ist, gebe ich Ihnen recht gern das Versprechen,« antwortete sehr eifrig und lebhaft erröthend Max.

Der Fremde zog eine Karte hervor, überreichte sie Max, verbeugte sich und ging.

Max las, während die Anderen Jenem nachsahen, auf der Karte die Worte: »A. d'Avelon.«

»Wie heißt der höfliche Mann?« fragte Sontheim, als der Fremde im Billardsaal verschwunden war.

»D'Avelon!« antwortete Hartig, der sich der Karte bemächtigt hatte.

»Das lautet ja fast wie Daveland … es muß am Ende diese Namensvetterschaft es thun, daß Sie so bald Freunde geworden sind … mir gefällt der Geselle nicht!« bemerkte der Hauptmann.

»Weshalb nicht?« fragte Max.

»Sein Gesicht hat etwas Abstoßendes – es ist von zu viel Seelenunruhe durcharbeitet, wie es bei einfach ehrlichen Leuten nicht der Fall ist.«

»Das ist,« entgegnete Max, noch einmal das nasse Tuch zum Auge führend, »ein hartes Urtheil. Weshalb soll das Gesicht, welches, wie Sie sich ausdrücken, von Seelenunruhe durcharbeitet ist, abstoßen? Es kann auch anziehen; das Leben kann auch für den Besten eine Kette von schweren geistigen Aufgaben und innerer Unruhe, von Kampf und Sturm werden. Mich zieht das Gesicht dieses Herrn d'Avelon an, es hat etwas Deutsches, Heimathliches – er sprach auch sehr gut Deutsch –, wenn der Name nicht wäre, sollte man ihn für einen Landsmann halten.«

»Nicaise,« rief Hartig der Kellnerin entgegen, die eben diensteifrig noch eine Schale kalten Wassers brachte, »ist dieser Herr ein geborener Franzose, hier aus der Gegend?«

»Hier aus der Gegend freilich – er wohnt seit vielen Jahren auf der Ferme des Auges; aber ich denke, ich habe sagen hören, er sei von Geburt ein Belgier – es ist ein sehr schönes Gut, la Ferme des Auges, und Herr d'Avelon ein vorzüglicher Landwirth; er gehört auch zum Conseil général und ist ein Freund des Herrn Präfecten ...«

»Sieh, sieh, Nicaise,« rief jetzt Sontheim aus, »wie genaue Auskunft Du jetzt über den Herrn weißt, den Du anfangs mit Deiner patriotischen Discretion in Schutz nehmen wolltest.«

Max meldete sich scherzend bei seinem Hauptmann als wieder dienstfähig und die Anderen kehrten zu ihrem Spiel zurück.

2.

La Ferme des Auges lag nicht im offenen Flußthal der Maas, sondern im Hintergrunde einer Seitenbucht des Thals, eines nach allen Seiten hin leise anschwellenden Terrains, das, von einem Kranz von oben bewaldeten Höhen umgeben, nur nach Südost, nach dem Flusse hin offen war. Diese geschützte Lage mußte viel zu der Fruchtbarkeit des hübschen kleinen, in den Bergen versteckt liegenden Erdwinkels beigetragen haben – viel auch der fleißige und sorgsame Anbau, die zweckmäßige Bewirthschaftung, die überall wahrnehmbar war; der Besitzer schien besonders auf Obstcultur großes Gewicht gelegt zu haben; überall durchzogen Reihen wohlgepflegter Obstbäume die Felder; eine stattliche Nußbaumallee durchschnitt das Terrain in gerader Linie und führte auf das Wohnhaus zu – zunächst auf einen mauerumzogenen großen Garten, der, heute noch wie er vielleicht vor hundert Jahren angelegt worden, die ganze Regelmäßigkeit des alten französischen Geschmacks zeigte, sogar noch Taxushecken und Sandsteinfiguren am Ende dunkler Berceaux – im Hintergrunde des Gartens führte eine breite Steintreppe auf eine Terrasse und über ihr erhob sich das Herrenhaus – nicht, wie es der Charakter der Gartenanlage erwarten ließ, ein kleines Rococoschloß mit stattlichen Flügeln, sondern nur ein einfaches Landhaus, nur ein Stockwerk mit hohem Mansardendach darüber zeigend, weiß getüncht, mit grünen Jalousien; statt der Flügel nur ein kleines Gewächshaus an der einen und eine Volière an der anderen Seite.

Das Alles recognoscirte Daveland, als er am andern Tage um die Nachmittagsstunde, von Hartig begleitet, durch die Kastanienallee auf die Ferme des Auges zuritt und dann um die Gartenmauer herum den Hof des Gebäudes erreichte. Er hatte Hartig bewogen, ihn zu begleiten, und es bei diesem an Gründen, weshalb er so rasch das Versprechen erfüllen wolle, welches er Herrn d'Avelon gegeben, nicht fehlen lassen. Zuerst den, daß es in Void in Frankreich gerade ebenso langweilig war wie in jedem anderen Orte auf Erden, wo man eben nichts zu thun hat. Und weiter den, daß es sehr interessant sein mußte, eine vornehme französische Familie in ihrem »Interieur« kennen zu lernen; ganz zuletzt den, daß ihn dieser Herr d'Avelon, sein Wesen, sein Gesicht anziehe – vielleicht nur aus Widerspruchsgeist, weil sich Sontheim so scharf wider ihn erklärt. Und doch war, was ihn zog, etwas ganz Anderes, ein Gefühl, das sich eigenthümlich mit Spannung, Scheu und Beklemmung vermischte und doch stark genug war, ihn mit einem gewissen Heroismus dieses Alles, was ihn zurückhalten wollte, überwinden zu lassen. Genug, unser Landwehrlieutenant hielt am anderen Tage, von Hartig, dem Gelehrten der Compagnie, gefolgt, auf dem Oekonomiehofe der Ferme und wurde, nachdem ein Knecht die Pferde übernommen, auf die Terrasse vor dem Wohnhause geführt, wo die Herrschaft sich befinden sollte.

Auf der Terrasse, an einem runden Tische von Gußeisen saßen zwei Damen; ein Herr stand vor ihnen und sprach sehr lebhaft. Max Daveland erkannte den Lenker des Wagens von gestern in ihm, in einer der Damen das Original seines Bildes, bei deren erstem Anblick ihn gestern ein großer Schmerz getroffen hatte; die andere war eine dunkle, ein wenig verblühte Schönheit, sie sah wie eine Engländerin aus, ein etwas zu längliches Gesicht mit feinen Zügen, umgeben von hängenden Locken und etwas Steifes in der Haltung, etwas Verurtheilendes, Mißbilligendes, das für die ganze irdische Erscheinungswelt und was der wechselnde neue Tag brachte, stetig um ihre Lippen lag, deuteten darauf hin. Daveland machte diese Bemerkung freilich erst später. Jetzt näherte er sich der Gesellschaft mit einiger Verlegenheit, er sah keine sehr freundliche Aufnahme von dem Herrn voraus, der ihn mit einem sehr kalten, fast feindlichen Blicke maß. Mit einer Verbeugung übergab er ihm seine und Hartig's Karte und erklärte sein Kommen. Der Herr bat mit kühler Höflichkeit Platz zu nehmen und ging mit der Bemerkung, daß er Herrn d'Avelon rufen wolle, den Stufen zu, welche von der Terrasse in den Garten führten. Die Karten hatte er auf den Tisch geworfen.

»Sie wohnen in einem kleinen Paradiese hier,« sagte Max, nachdem er mit seinem Begleiter auf eine abermalige Einladung der Damen Platz genommen, »und fühlen sich gewiß sehr glücklich, daß Ihre Berge Sie selbst vor den Stürmen des Krieges schützen.«

»Wir haben allerdings bis heute noch keinen Feind hier gesehen,« versetzte die jüngere Dame – und dann mit einem Lächeln zu Max aufschauend, setzte sie hinzu: »und dem ersten, der bis hierher dringt, sehen wir sehr beruhigt in's Auge! Nicht wahr, Miß Ellen?«

»O, Sie wissen, ich bin als Britin neutral, Valentine!« antwortete die Miß mit einem Zucken der Lippen, das hinzuzusetzen schien: »und sehe überhaupt Männern nicht in's Auge!«

Daveland verbeugte sich.

»Es ist sehr freundlich von Ihnen bemerkt! Mein Auge ist durchaus unverletzt und im Stande Alles zu thun, wozu man eben zu seinem Glück wie Unglück ein Auge hat!«

»Ah – kann man ein Auge zu seinem Unglück haben?« fragte Valentine aufhorchend rasch – ein offenbar spöttisches Lächeln zuckte um ihren Mund, es war wie ein muthwilliges Begehren in ihr, den Deutschen auf einer Lächerlichkeit zu ertappen.

»Gewiß...das Auge ist der Sinn, der uns am wenigsten gehorcht. Es spricht sehr oft, was wir um Alles in der Welt willen nicht verrathen haben möchten, und zuweilen faßt es Bilder auf, die wir um denselben Preis nicht in uns aufgenommen haben möchten, weil es Bilder sind, die uns unglücklich machen!«

»Ah,« sagte die junge Dame, »dann ist aber das Ohr nicht besser – es giebt uns Manches zu hören, was uns auch nicht sehr glücklich macht!«

»Besonders in der jüngsten Zeit!« fiel Miß Ellen scharf ein.

Sie verlassen das Gebiet der Neutralität, Fräulein!« versetzte Max scherzend.

Miß Ellen zuckte mit den Lippen und sah Max mit einem wie strafenden Blick an; sie schien die leichte Unbefangenheit, womit der Fremde sie anredete, anstößig zu finden!

Valentine mochte dies amüsiren – sie sagte lächelnd: »Es kann doch kein neutraleres Gespräch geben als das über die fünf Sinne. Also fahren wir darin fort. Wir sprachen von Gesicht und Gehör und kommen jetzt zum Gefühl – Deutschland ist das Land des Gefühls, des Gemüths, der Sentimentalität....Die Herren müssen uns sehr Tiefsinniges und Neues darüber sagen können – über dies deutsche Gefühl von Gußstahl,« setzte sie mit einer plötzlichen Bitterkeit hinzu.

»Wenn das deutsche Gefühl so gepanzert ist, weshalb es dann herausfordern? Mit Menschen von solchem Gemüth hält man Frieden!« versetzte Max.

»Wir haben uns eben darin getäuscht – wir haben geglaubt, die jungen Mädchen drüben seien alle Gretchen und die jungen Männer lauter Werther.«

»Und Sie beachteten nicht,« fiel hier Hartig ein, »daß Werther doch zuweilen und – gut mit Pulver und Blei umzugehen verstand!«

Hartig's Weise, so etwas vorzubringen, hatte eine gewisse trockene Komik; der mordschlechte Accent, womit er Französisch sprach, mochte hinzukommen, Fräulein Valentine lachen zu machen, selbst Miß Ellen verzog ihre Lippen zum Lächeln.

»Freilich, wir haben das nicht beachtet,« entgegnete Valentine dann, »und vieles Andere nicht – zum Beispiel daß Ihr anderer Typus deutschen Wesens, der Faust, so brutal den Bruder Gretchens ermordet und nie ausgeht, ohne – den Teufel neben sich zu haben.«

»Und seitdem sehen Sie hinter jedem Deutschen etwas vom Mephisto stehen?«

»O nein, seitdem bedürfen die Deutschen eines solchen Mentors nicht mehr! Seine Lehren sind auf viel zu guten Grund gefallen.«

»Und doch möchte ich ihn jetzt anrufen, wie mein Namensvetter im Freischütz, um mir Ihre bösen Reden widerlegen zu helfen!«

»Sie haben ja Ihren Freund!« antwortete Valentine, mit einem etwas spöttischen Blick Hartig streifend.

»Im Krieg mit jungen Damen zieht man nicht gern seine Freunde zu Hülfe – das ist eine Hauptregel in diesem ewigen Kampfe der beiden Geschlechter widereinander.«

»Leben sie im Kampfe?«

»Gewiß – anfangs, weil sie sich nicht verstehen, und dann im Aerger des Bewußtseins, unausbleiblich einmal vor einem der Feinde die Waffen strecken zu müssen und von ihm schwach gefunden zu werden!«

»Ah, welche deutsche Idee!« rief Valentine aus. »Also auch die Liebe trägt in Deutschland die Pickelhaube?«

»Wie bei den Griechen Eros den Helm. Und überall. Unser Planet hat seine Bahn angewiesen erhalten zwischen Venus und – Mars! Das ist sein altes Schicksal. Wird die Liebe wie ein Carnevalscherz betrieben, in dem man sich voreinander maskirt und sich nur Bouquets und Süßigkeiten zuwirft, so kommt der Kampf später, in der Ehe –«

»Wo er dann schlimmer ist,« warf hier Hartig dazwischen, »wegen der größeren Nähe der Positionen, die unterdeß eingenommen sind.« ...

Die trockene Weise Hartig's und sein humoristisches Mienenspiel bei dieser Bemerkung weckte wieder das Lächeln der beiden Damen – einer Antwort wurden sie überhoben, denn Herr d'Avelon trat in diesem Augenblick auf die Terrasse, von dem Herrn, der ihn aufgesucht hatte, begleitet. Er war im grauen Sommerrock und weißen Strohhut, sein geröthetes Gesicht deutete darauf, daß er eben von einer ländlichen Arbeit kam; auch nahm er ein großes offenes Gartenmesser in die Linke, um die Rechte sogleich den beiden jungen Leuten zu bieten. Er bewillkommnete sie mit großer Zuvorkommenheit, bat Miß Ellen für Erfrischungen zu sorgen und nach dem Diner zu sehen, daß es mit Rücksicht auf die Gäste arrangirt werde; geschäftig holte er selbst Cigarren herbei, und nachdem er den jüngeren Herrn als seinen Freund Gaston de Ribeaupierre vorgestellt, begann er die Unterhaltung mit Fragen nach den neuesten politischen Nachrichten, welche die Officiere brächten.

»Das muß erst abgethan sein,« sagte er, »damit man ruhiger zu anderen Gegenständen übergehen kann – und deren haben wir noch viele zu verhandeln; ich hoffe, die fremden Herren machen mir das Vergnügen, ihnen mein Gut, den Betrieb der Landwirthschaft hier in unserem Vogesendepartement zeigen zu dürfen ... sie werden Vieles, sehr Vieles anders und auch besser finden, als man es in Deutschland macht. Also zuerst: Sie bringen uns keine Nachrichten von neuen deutschen Siegen?«

»Müssen es denn gerade immer deutsche Siege sein?« sagte Gaston de Ribeaupierre scharf.

Herr d'Avelon zuckte die Achseln.

»Mein lieber Gaston, was wollen Sie?« erwiderte er, »Sie müssen einräumen, daß es bisher so ziemlich immer deutsche Siege waren. Sie kennen meine Ansichten darüber, ich halte nicht damit hinter dem Berge, auch bei diesen deutschen Herren nicht; sie werden siegen, die Deutschen, und wir, die Franzosen, werden erliegen trotz aller schönen Reden in den Journalen. Sie kennen die Geschichte nicht, diese Schönredner. Die Franzosen haben einmal große Dinge vollbracht; sie haben einmal einen Italiener in Sold – freilich sehr schweren Sold – genommen, ein Feldherrngenie, wie nie ein größeres war, und das hat ihnen zum Vergnügen die durch und durch morsche, faule, erbärmliche Welt ihrer Nachbarn über den Haufen gestoßen. Seitdem ist das Dogma entstanden, der Franzose sei der erste Soldat der Welt! Und ich, ich sage Ihnen, die Franzosen sind gar keine kriegerische Nation – sie waren es nie und sind es heute nicht. Die Geschichte Frankreichs ist eine Geschichte großer verlorener Schlachten. Von Poitiers und Crecy bis auf Pavia, bis auf Ramillies und Malplaquet, bis auf Minden und Roßbach, bis auf Vittoria und Waterloo, bis auf Wörth und Sedan – welche Niederlagen! Kommen, wenn Sie den ersten Napoleon aus dem Spiele lassen, ihre Siege an weltgeschichtlicher Bedeutung dagegen auf? ... Wahrhaftig nicht!«

»Ah – welche paradoxe Behauptung!« sagte mit einem spöttischen Lächeln Gaston. »Sie behaupten auch, die Deutschen hätten ursprünglich alle Erfindungen gemacht ... der Sieg, ist das ebenfalls eine deutsche Erfindung?« ...

»Ich behaupte nur,« erwiderte d'Avelon achselzuckend, »daß die Nation keine kriegerische sei und in diesem Punkte der deutschen nicht gewachsen ...«

»Wenn ich meine Ansicht darüber aussprechen darf,« fiel hier Max ein, »so dürfen Sie sich dawider nicht auflehnen, wenn Sie die Franzosen eine chevavalereske Nation nennen – und diese Eigenschaft werden Sie gewiß in Anspruch nehmen!«

»Heißt chevaleresk denn nicht tapfer?« rief hier Fräulein Valentine aus.

»Chevaleresk, mein Fräulein, heißt ritterlich. Diese Ritterlichkeit, dies Ritterthum ist am gründlichsten und ausschließlichsten in Frankreich durchgeführt, der Feudalismus hat nirgends unumschränkter geherrscht. Eine der liebenswürdigsten und segensreichsten Seiten dieses Feudalismus aber war es, daß er jeden Roturier (Unadeligen), jeden Vilain auf den Kopf schlug, der es wagte, die Waffe zu führen. Dadurch ist das *Volk* unkriegerisch geworden ...«

»Und war das in Deutschland anders?« fragte jetzt Gaston, zum ersten Male das Wort direct an Max richtend.

»Leider nicht so viel, wie ich gewünscht hätte. Auch bei uns erdrückte der Feudalismus die Wehrhaftigkeit des Volkes. Einen Rest von der feudalen Ansicht, daß das Volk kein Waffenrecht habe, den Boden des Vaterlandes nicht Jedermann vertheidigen dürfe, finden Sie noch in unserer mir gehässigen Sitte, jeden Franctireur, den wir fangen, zu erschießen. ... Aber es war nicht so schlimm in unserem Lande wie in Frankreich, unser Volk hielt seine Rechte, seine Sitten, seine Wehrhaftigkeit zäher fest, es konnten in Deutschland große Bauernkriege entstehen, unser Bürgerthum entwickelte sich trotziger, ungezähmter, selbstbewußter – unser Adel selbst wurde nicht durch einen Richelieu und Ludwig den Vierzehnten überall zum zahmen Hofgesinde dressirt – kurz ...«

»Wir Wilden sind doch bessere Menschen!« unterbrach ihn Hartig auf Deutsch.

Gaston de Ribeaupierre zuckte zu dem Allen nur in einer nicht sehr höflichen Weise die Achseln. Herr d'Avelon nickte aber mit dem Kopfe dabei und erwiderte:

»Darin mag allerlei Wahres liegen; Sie müssen aber Frankreich den Ruhm lassen, daß es diesen mörderischen Feudalismus zuerst gebrochen und damit gründlich aufgeräumt hat; er ist hier mit Stumpf und Stiel ausgerottet. Sie in Deutschland haben noch einen ganzen Wust dieses mittelalterlichen Unsinns auf sich lasten, Majorate, Fideicommisse, Lehne etc., all diese heillosen Einrichtungen, die Gott verdammen möge, unter denen ganze Geschlechter zu Grunde gehen und die Einzelnen verderben. ...«

Herr d'Avelon sprach das mit einer Bitterkeit, einer plötzlichen Erregtheit, die Max betroffen zu ihm aufschauen machte.

Was hatte der Mann? Weshalb starrte er jetzt mit diesem seltsamen Ausdrucke, mit einer Miene wie starren Schreckens die Karte an, die Max Gaston übergeben, die dieser auf den Tisch gelegt und die d'Avelon, während er die letzten Worte sprach, wie zerstreut an sich genommen, so daß erst jetzt sein Blick darauf fiel? Was lag Schreckliches für ihn in dem harmlosen Namen Max von Daveland? Denn etwas Schreckliches mußte es sein. Seine Hand zitterte, als sie die Karte fallen ließ, ein fahles Bleich fuhr über seine Züge. ... Max allein sah es, da die Augen der Uebrigen, seine Antwort erwartend, sämmtlich auf ihn, auf Max, gerichtet waren – sie richteten ihre Aufmerksamkeit erst auf den Hausherrn als dieser sich rasch erhob und – Max sah, wie sein Schritt wankte – durch die nahe offene Glasthür, die aus dem Hause auf die Terrasse führte, verschwand.

Valentine nahm, da in seinem Fortgehen, vielleicht um etwas herbeizuholen nichts Auffallendes lag, ruhig die Unterhaltung wieder auf; sie führte sie in dem Tone einer gewissen spöttischen Ueberlegenheit, wie sie ihn schon früher angeschlagen, weiter ... es schien überhaupt eine gewisse Dosis von Uebermuth in Valentine zu stecken, wenigstens das Selbstbewußtsein, das sich ungezwungen, natürlich gehen läßt. Sie schien eine andere Erziehung gehabt zu haben als die zu frommer Blumenhaftigkeit angeleiteten französischen jungen Mädchen der höheren Stände, die schweigsamen Musterbilder der klösterlichen Pensionaterziehung. Ihre großen fragenden Augen blickten völlig unbefangen Daveland an. Wenn sie ihr reiches gekräuseltes und dichtgewellt in den Nacken hängendes Haar mit der Hand zurückwarf, so geschah dies mit einer natürlichen Anmuth, in einer Weise, die verrieth, daß sie durchaus nicht daran dachte, beobachtet zu sein, und jetzt es graciöser anstellte, als wenn sie allein gewesen. Max Daveland fand sie entzückend; je länger er sie ansah, desto tiefer fühlte er den verhängnißvollen »Strahl« dringen – aber auch, daß er ihrem leichten Spott gegenüber bis jetzt nicht die wünschenswerthe »strategische Position« gewonnen. Mit desto größerem Eifer führte er das Gespräch fort, mit dem demüthigenden Bewußtsein, daß er ein wenig Pedant dabei scheinen werde – es war so schwer, solch einer Französin gegenüber mit der Gabe leichter Conversation zu glänzen, die wahrscheinlich allein Geltung bei ihr hatte.

Im Innern des Hauses hatte unterdeß Miß Ellen, im Begriff, zur Terrasse zurückzukehren, den Salon betreten. Zu ihrer Ueberraschung sah sie d'Avelon im Hintergrunde in einem Fauteuil zusammengesunken und starr den Boden vor sich anblickend. Mit raschen Schritten war sie neben ihm, und vertraulich ihre Hand auf seine Stirn legend, rief sie leise:

»Um Gotteswillen, mein Freund, was ist Ihnen? Sie sehen bleich aus wie der Tod! Sie sind unwohl geworden?«

»Nein, nein, nein,« versetzte d'Avelon, ihre Hand abschüttelnd und wie nach Athem ringend. »Lassen Sie mich, Ellen! Gehen Sie, gehen Sie – aber in der That, ich bin unwohl – es wird vorübergehen – gewiß, sogleich – nur – senden Sie mir um Gotteswillen diese Deutschen fort – unter einem guten Grunde – lassen Sie sie abziehen – sogleich, sogleich – nein, nein, hören Sie, nicht das, nicht das. ...«

Ellen stand verwundert, erschrocken vor ihm und hörte diese widersprechenden Befehle an.

»Gehen Sie,« fuhr er wie sich mit Gewalt fassend fort, »und bringen Sie heraus, aus welcher Gegend Deutschlands sie sind – behutsam – discret, und dann, dann sagen Sie es mir – sagen es mir sogleich, aber behutsam, ohne daß Ihr Kommen und Gehen auffällt ... wollen Sie?«

»Ich gehe – aber weshalb sagen Sie mir nicht, was Ihnen ist – ob Sie krank sind? ...«

»Ich bin nicht krank – beruhigen Sie sich – ich fühlte ein wenig Schwindel – es ist vorüber, ganz vorüber; bemühen Sie sich nicht, ängstigen Sie sich nicht, ich werde selber gehen – kommen Sie ... schweigen Sie ...«

Er sprang auf, fuhr mit der Hand über die Stirn, machte eine Bewegung, als ob er etwas abschütteln wolle, und schritt dann, nur hastiger als gewöhnlich, zum Salon hinaus, auf die Terrasse.

Miß Ellen sah ihm mit der Miene der äußersten Ueberraschung nach und folgte ihm dann.

Als Herr d'Avelon seinen Platz an dem runden Tische wieder einnahm, war hier eben eine Pause in dem Gespräch eingetreten. Max sah sehr zerstreut und wie in Gedanken verloren auf die ruhig an ihrer Stickerei arbeitenden Hände Valentinens; Hartig musterte sein Gegenüber, den Herrn Gaston de Ribeaupierre, der sein hübsches und nur ein wenig verlebtes Gesicht von ihm abgewandt hielt und blasirte Blicke über den unter ihnen liegenden Garten schweifen ließ – er gestand sich, daß er von diesem Herrn Gaston keinen sehr günstigen Eindruck erhalte; der kaum dreißig Jahre zählende junge Mann hatte etwas Weltmüdes und dabei Grämliches, vielleicht Tückisches in den kleinen Fältchen um die Nasenwurzel herum, das keineswegs für ihn einnahm. Der Hausherr warf, als er sich gesetzt, verstohlen einen prüfenden Blick auf die Anwesenden: weder sein Fortgehen noch sein Aussehen schien aufgefallen zu sein; wie beruhigt legte er sich in seinen Sessel zurück und es klang ganz unbefangen, als er nach einer kleinen Pause, den Kopf halb abwendend, so daß er den beobachtenden Augen Ellen's, die neben ihm Platz genommen, entging, fragte:

»Die Herren haben uns noch nicht gesagt, aus welchem Theile Deutschlands Sie sind ... Sie tragen preußische Uniform ... aber Preußen ist heute so groß ...«

»Ich bin aus Königsberg – weit hinten aus dem echten Preußenlande,« fiel Max rasch ein – »mein Herr Camerad hier ist sogar der russischen Grenze ziemlich nahe geboren, in Tilsit ... wir nehmen Beide dort bürgerliche Stellen ein, mein Camerad ist Schulmann und ich bin der Verwalter eines Amtes in der Administration der Provinz.«

Hartig blickte Max bei dieser Erklärung höchst überrascht an, aber ein bedeutungsvoller, sogar ein wenig drohender Blick, den er von seinem Gefährten erhielt, schloß ihm den Mund ... er begann sehr eifrig an der Spitze seiner Cigarre zu wickeln.

»Aber Sie heißen Daveland; ich denke, ich habe Rheinländer gekannt, die diesen Namen trugen?« fragte d'Avelon still aufathmend weiter.

»Wohl möglich,« versetzte Max; »ich habe gehört, daß es in der Wesergegend eine Familie des Namens geben soll, mit der die meinige jedoch in keiner Beziehung steht. In alten Zeiten mögen sie zusammengehangen haben ... Sie wissen, von jenen westlichen Gegenden Deutschlands aus ist unser ferner Osten in den Zeiten des deutschen Ritterordens bevölkert worden ...«

Max Daveland hatte diese Antwort mit derselben Unbefangenheit gegeben, womit Herr d'Avelon anscheinend seine Fragen gestellt. Miß Ellen allein bemerkte an den Zügen des Hausherrn, daß die Worte des fremden Officiers eigenthümlich aufhellend und wie den Druck einer höchst peinlichen Spannung lösend auf ihn gewirkt hatten. Seine Stimme nahm einen hellen, wie freudigen Ton an. Er forderte seine Gäste auf, ihm, bis das Diner servirt sei, auf einem Rundgange durch seine Besitzung zu folgen Seine Besitzung sei sein Stolz, sagte er, er habe sie selber erworben, ja halb selber geschaffen, und seine Gäste entgingen nun einmal dem Schicksal, sie bewundern zu müssen, nicht. – Die Treppe zum Garten schritt er dann mit ihnen so fest und selbstsicher und unbefangen sprechend hinab, daß Miß Ellen ihm höchst erstaunt nachblickte.

Auch Herr Gaston von Ribeaupierre blickte ihnen nach, allen Dreien mit einem keineswegs wohlwollenden Blick.

»Welche Idee,« flüsterte er dabei sehr ingrimmig, »uns diese widerwärtigen Deutschen auf den Hals zu ziehen!«

»Es ist weniger eine *Idee,* als ein *Ungeschick,* was sie uns hergezogen hat, Herr von Ribeaupierre,« antwortete Valentine ein wenig spitz.

»Wissen Sie das so sicher, daß es ein *Ungeschick* war, Fräulein Valentine?«

»Ich denke, Sie werden sich gehütet haben, geflissentlich und wie ein Gamin Einen dieser Deutschen zu beleidigen, die jetzt die Herren hier im Lande sind.«

»Sie sind sehr bereitwillig, diese Herrschaft anzuerkennen, Valentine,« versetzte Gaston geärgert.

»Was kann man an Thatsachen ändern – selbst Ihr tapferes Corps Neufchateauscher Franctireurs ist nicht dazu im Stande, Monsieur Gaston!« lautete die spitz gegebene Antwort.

»Wir werden dies abwarten, bis das Corps organisirt ist und sich mit denen von Langres verbunden hat ... aber freilich, Ihr Vater ist der Ansicht, daß die Franzosen nur zu Niederlagen prädestinirt sind.« ... Gaston lachte bitter auf. »Wir sind zu chevaleresk, um tapfer zu sein!« setzte er hinzu.

»Das ist freilich ein Vorwurf, dessen Lächerlichkeit schon durch Ihr Benehmen gegen unsere Gäste bewiesen wird.«

»Ich finde eben, daß Ihr Benehmen gegen Ihre Gäste meinen Beitrag von Höflichkeit völlig überflüssig macht. ... Sie leisten das Menschenmögliche darin!«

»Mein Gott, Eure ewigen kleinen Gezänke!« fiel hier Miß Ellen ein, »Du hörst doch, Valentine, aus Herrn von Ribeaupierre redet nur ein Anfall von Eifersucht!«

Valentine zuckte die Schultern und schwieg. Gaston v. Ribeaupierre fand es ebenfalls nicht der Mühe werth, zu antworten. Er stand auf und schlenderte eine Weile die Terrasse auf und ab. Dann verschwand er im Innern des Hauses.

Die beiden Damen hatten unterdeß schweigend ihre Arbeit gefördert. Als Gaston nicht mehr in ihrer Nähe war, sagte Miß Ellen mit einem forschenden Blick auf Valentine:

»Dein Vater wird sich einmal wieder im Deutschreden üben können, jetzt, wo er mit den Herren allein ist! Er muß doch recht lange in Deutschland gewesen sein, um es so gut und so gern zu sprechen?«

»Ein paar Jahre, denk' ich,« versetzte Valentine zerstreut. »Seine Vormünder haben ihn hingeschickt, um auf einer landwirthschaftlichen Schule dort den Ackerbau zu studiren.«

»In Deutschland? Seltsam – so viel ich weiß, ist man darin in Belgien viel weiter – auch in England.« ...

»Möglich – aber die Wissenschaft der Sache wird vielleicht in Deutschland besser gelehrt.«

Miß Ellen schwieg eine Weile nachdenklich. Dann hub sie wieder an:

»Und er hat nie irgend etwas verrathen über ein merkwürdiges Erlebniß, eine bedeutungsvolle Erinnerung, welche sich für ihn an Deutschland knüpft?«

Valentine sah fragend zu Miß Ellen auf.

»Wie kommst Du darauf, Ellen?«

»Ich meine nur. Ich glaube, diese deutschen Officiere haben in ihm etwas wachgerufen, ihn an etwas erinnert, was nicht sehr erfreulicher Natur sein muß … seine Erkundigung nach der Herkunft dieses Herrn von Daveland war nicht so unbefangen, wie sie scheinen sollte, aber die Antwort offenbar beruhigend für ihn. Ich würde mich nicht wundern, wenn es zu Tage käme, er hätte in Deutschland ein Fräulein von Daveland geliebt, eine Frau des Namens entführt oder einen Herrn Daveland im Duell erschossen.« …

»Ach – wie Deine Phantasie arbeitet!« lächelte Valentine. »Frag' ihn doch, er hat vor *Dir* keine Geheimnisse!« setzte sie mit einem leisen Aufzucken der Lippen, das entweder schmerzlich oder neckend war, hinzu.

»Er hat Eins!« erwiderte Miß Ellen, gedankenvoll sich über ihre Arbeit beugend.

Ein Diener kam aus dem Salon und brachte eine Botschaft von Herrn Gaston v. Ribeaupierre. Herr Gaston lasse sich bei den Damen entschuldigen, er habe sich eines dringenden Geschäfts, das ihn daheim erwarte, erinnert und sei deshalb nach Hause geritten.

»Ah, desto besser!« sagte, als der Diener gegangen war, Valentine wie erleichtert aufathmend. »Er war sehr unliebenswürdig heute!«

Miß Ellen warf ihr einen halb verwunderten, halb strafenden Blick zu.

»Du mußt gestehen, daß Du ihn schlecht behandelt hast!« sagte sie.

»Was schadet es – er kommt ja doch zurück!« antwortete Valentine mit einem Seufzer.

Nach einer Weile kehrten Herr d'Avelon und seine Gäste vom Hofe her auf die Terrasse zurück. Sie sprachen Deutsch zusammen und waren in eifriger Unterhaltung; es war auffallend, wie gute Freunde der Hausherr und Max Daveland in der kurzen Zeit geworden; sie schienen in den wichtigsten Fragen des praktischen Lebens von einer merkwürdigen Uebereinstimmung; sie redeten von Communal-Verwaltung, von dem Einfluß des Schutzzollsystems, von der Arbeiterfrage und stets hatte der Eine den Grundsätzen des Anderen seine Billigung zu geben. Es war in der That wunderbar, in welch gute Stimmung die Gelegenheit, sich deutsch zu unterhalten, den Hausherrn gesetzt haben mußte … wenn es nicht, wie sich im Stillen Miß Ellen sagte, die Erregung war, die eine glücklich vorübergegangene Gefahr oder ein Schrecken zurückläßt. Die Unterhaltung – jetzt wieder französisch – spann sich während des ganzen nun folgenden Diners, welches in einem einfachen Speisezimmer neben dem Salon gehalten wurde, so fort – viel zu lebhaft für Daveland's Wünsche eigentlich, der so wenig Zeit dabei fand, sich zu seiner Nachbarin Valentine zu wenden. Desto aufmerksamer hörte diese seinen Reden zu; ihr anfänglicher Ton von spöttischer Ueberlegenheit war vollständig geschwunden, und Max, den ihre jetzt mit einem Ausdruck rückhaltlosen Wohlwollens auf ihn gerichteten Blicke zu elektrisiren schienen, sprach desto mehr, desto fließender und fesselnder.

»Wie gut und gewandt Sie französisch reden!« sagte Herr d'Avelon mit einem wahren Blick der Zärtlichkeit.

»Finden Sie das? Ich muß Ihnen gestehen,« versetzte Max, »daß mir heute beim Sprechen zu Muthe ist, wie einem Reiter, der lange gebraucht hat, um sich ein störriges Pferd zu unterwerfen, und plötzlich fühlt, daß er seiner völlig Herr geworden und nun eine Freude daran findet, es in allen möglichen Lançaden und Courbetten zu tummeln … Kunst ist Können, und das Bewußtsein des Könnens kommt uns immer nur in einem Augenblick der Inspiration. Mir wird dabei,« setzte er, Valentine in's Auge blickend, hinzu, »offenbar, weshalb man behauptet, daß jede Kunst ihre inspirirende *Muse* haben müsse.«

»Ah,« fiel Valentine leicht erröthend ein, »was Sie da sprechen, ist nicht mehr gutes modernes Französisch, sondern Rococo, Siècle de Louis quinze, vollständig veraltet!«

»Möglich,« antwortete Max heiter, »doch habe ich immer gefunden, daß das Französisch aus jener Zeit klarer, ehrlicher, verständlicher als das heutige ist – ich bitte also um Nachsicht, wenn ich wieder darein verfalle!«

»Doch muß die Mythologie ausgeschlossen bleiben,« entgegnete Valentine.

»Apropos von Mythologie,« fiel hier Herr d'Avelon ein »Sie haben sich gestern nach der Entfernung von Domremi erkundigt. Wir haben von hier nach Vaucouleurs noch eine, von dort nach Domremi vier Stunden. Wenn Sie einverstanden sind, werden wir Sie hinfahren.«

»Wir werden leider diese Güte ablehnen müssen,« versetzte Hartig hier, »von Void aus betrüge also die Entfernung sechs Stunden – für eine so lange Tour würden wir keinen Urlaub erhalten.«

»Es wäre doch auch wohl nicht ohne Gefahr für die Herren,« meinte Miß Ellen, »Sie wissen, daß Neufchateau, welches zu passiren wäre, von unseren Leuten besetzt ist ...«

»Ah,« rief der Hausherr achselzuckend aus, »von Franctireurs – ich denke, Gaston würde ein Wort mit ihnen reden können. Aber wenn es zu weit bis Domremi ist, so werden Sie wenigstens die Grotte der Jungfrau sehen wollen – die Grotte der Jungfrau ist nur eine Viertelstunde von hier entlegen ...«

»Und was ist die Grotte der Jungfrau?«

»Eine in der That sehr sehenswerthe Höhle mit Stalaktitenbildung,« antwortete Valentine; »im Hintergrunde, in großer Tiefe steht ein kleiner See, an den sich mancherlei Sagen des Landvolks knüpfen. Wenn man an bestimmten Tagen und Stunden Fragen da hinabruft, sollen Geisterstimmen Antwort geben und Jeanne d'Arc soll zu diesem Orakel der Tiefe gewandert sein und es befragt haben ... es ist eine der Merkwürdigkeiten der Gegend, die Sie sehen müssen.«

»Ich wünsche nichts mehr als das – ich habe nie größeres Verlangen gefühlt, als eben jetzt einem Orakel eine Schicksalsfrage vorzulegen,« rief Max aus.

»Wir werden Sie hinführen – die Grotte liegt auf einem Terrain, das zur Ferme des Auges gehört, und wir sind also die besten Führer,« sagte d'Avelon.

»Für heute würde es zu spät sein – die Dämmerung ist da, und wir müssen heimkehren,« fiel Hartig ein.

»So bleibt nichts übrig, als daß Sie morgen zu früherer Stunde zurückkehren, damit wir vor Tische den Spaziergang bis dahin machen. Versprechen Sie es, meine Herren?«

Max Daveland suchte Valentinens Auge und da er nichts als eine offene Einladung darin las, antwortete er: »Wenn ich nicht die Furcht hegte, durch solch eine rasche Wiederholung eines Besuchs Ihnen lästig zu werden, würde ich nichts lieber thun als dies Versprechen zu geben.«

»Es ist gegeben und angenommen,« rief der Hausherr aus, indem er, da Miß Ellen, die überhaupt die Honneurs zu machen schien, eben die Tafel aufgehoben hatte, sich erhob und Max die Hand schüttelte.

Eine Viertelstunde später saßen unsere beiden jungen Männer wieder im Sattel und ritten aus der kleinen Landbucht der Ferme des Auges der Straße zu, welche als Sehne des weiten Bogens, den hier gen Nord-Osten hin die Maas schlägt, schnurgerade über einen Bergrücken nach Void führt. Hartig hatte längst, schon als sie den Hof hinter sich gehabt, ausgerufen:

»Aber nun, bei allen von Ihnen verrathenen Göttern der Cherusker, sagen Sie mir, weshalb haben Sie unser altes Sachsenblut verleugnet und diesen Franzosen vorgelogen, wir wären daheim da irgendwo ganz hinten in der Geographie?«

Max antwortete nicht gleich. Dann sagte er: »Wollen Sie mir versprechen, den Grund auf's Tiefste verschwiegen zu halten?«

»Gewiß.«

»Nun wohl denn, so sollen Sie ihn einst erfahren. Heut kann ich Ihnen nur sagen, daß er mit einem kleinen und unscheinbaren Ringe in Verbindung steht, den ich am Finger von Fräulein Valentine erblickt habe.«

»Ach, wie geheimnißvoll das lautet ... mit einem Ringe?«

»Mit einem Ringe!«

»Das heißt,« sagte Hartig trocken, »Sie wollen ringen nach diesem Ring ... Sie sind bezaubert von Fräulein Valentine ... wünschen aber nicht, daß man sich nach Ihrer Herkunft erkundige? Ist denn etwas dabei zu verbergen?

»Vor diesen Leuten,« entgegnete Max, »ja!«

»Curios! Weshalb? Freilich, solch ein reicher Franzose giebt seine Tochter nur an Jemand, der just eben so viel hat wie er selbst. Es ist ein sehr einfaches Rechenexempel bei ihnen, die Ehe!

Und nun wollen Sie, trotzdem Sie arm sind, dies Mädchen doch erobern! Wirklich, Daveland, Sie machen mir den Eindruck, als ob Sie plötzlich völlig den Kopf verloren! Diese hübsche Französin – hübsch ist sie, schön sogar, wenn Sie wollen, das ist nicht zu leugnen – aber wie ist es möglich, sich in diesem Grade von solch’ einer Schönheit sofort um den Verstand bringen zu lassen?«

»Habe ich ihn in der That verloren?«

»Wenn Sie es nicht übel nehmen, ja. Ich habe Sie in meinem Leben nicht so erregt gesehen, so beredt, so im Schwung, wie heute. Und darüber haben Sie natürlich nicht Zeit gehabt, irgend eine Beobachtung über unsere neuen Freunde anzustellen.«

»Ich verließ mich, was das betrifft, auf die Muße, die Ihnen dazu Ihre Schweigsamkeit ließ, Hartig.«

»Danken Sie Gott, daß ich diese Muße benutzt habe.«

»Und was haben Sie beobachtet?«

»Daß man uns anfangs mit sehr kühlen und feindlichen Gefühlen aufnahm; daß namentlich Herr Gaston von Ribeaupierre, der ein dem Herrn d’Avelon im Alter viel zu fern stehender ›Freund‹ ist, als daß er nicht der Bewerber um die Hand der Tochter sein sollte, uns namentlich alle Todesarten an den Hals wünschte, die Osmin in der ›Entführung aus dem Serail‹ auf seinem Register hat; daß man mit dieser Stimmung im Ganzen auch nicht hinter dem Rücken hielt, bis der Augenblick eines merkwürdigen Umschlags – eine Peripetie nennen wir Schulmänner das – eintrat. Man bemerkte plötzlich, daß Sie sich mit einer alles Glaubliche weit hinter sich lassenden Rapidität in Fräulein Valentine verliebt hatten. Darauf zog sich Herr d’Avelon in den Salon zurück, Miß Ellen – ich bemerkte es durch eines der Fenster – trat zu ihm, sie hielten einen Kriegsrath zusammen. In diesem ist ohne allen Zweifel beschlossen worden, Ihre Schwäche zu benutzen, durch Valentine Sie anlocken zu lassen und, wenn wir recht sicher gemacht sind, bei einer passenden Gelegenheit Herrn Gaston von Ribeaupierre mit seinen Franctireurs auftreten zu lassen – Sie hörten doch, wie Monsieur d’Avelon den Zusammenhang seines künftigen Schwiegersohnes mit den Franctireurs verrieth – also ihn mit seiner Bande auftreten zu lassen, um Deutschland um den am besten französisch redenden seiner Officiere und den vortrefflichsten seiner Philologen, die Welt um all die gerechtfertigten Hoffnungen, welche sie auf uns setzt, zu bringen – mit einem Wort, um uns elend zu ermorden und unsere Leichen in den tiefen See im Hintergrunde der Höhle der Jeanne d’Arc zu stürzen, wo uns kein sterbliches Auge wieder auffinden wird. Das habe ich beobachtet.«

Max lachte kurz und gezwungen auf.

»Können Sie leugnen, daß Fräulein Valentine eine wahre Sirenenrolle spielte?« fuhr Hartig fort, »daß diese dringende Einladung, wieder zu kommen, sehr auffallend war?«

»Glauben Sie wirklich, daß dieser Herr Gaston ein Bewerber von Fräulein Valentine ist?« war das Einzige, was Max entgegnete.

»Also das ist das Einzige von all dem, was ich warnend rede, was Eindruck auf Sie macht? Gewiß ist er ihr Bewerber, ihr Verlobter ...«

Max ließ sein Pferd in einen scharfen Trab fallen, und darüber erstarb die Unterhaltung.

3.

Als Max am anderen Tage seinen Besuch auf der Ferme des Auges zu wiederholen ging, war er
allein. Hartig hatte ihm rundweg die abermalige Begleitung nach dem »dangerous castle«, wie er
sich ausdrückte, abgeschlagen. Auch Sontheim, auch Merwig. Sie neckten ihn nur, Hartig hatte
am Morgen in dem Garten des Kaffeehauses genug von der gestrigen Partie erzählt, um ihnen
hinreichenden Stoff zu Neckereien zu geben. Max hatte das Alles mit großer Ruhe angehört und
sich entschlossen, allein zu gehen, nur von seinem Burschen begleitet, dem Hartig wenigstens
sein Pferd lieh.

Es war ein trüber Tag, in der Nacht war Regen gefallen, jetzt hatte es sich aufgehellt, aber
in dem breiten Maasthal, das Max von seiner Wegeshöhe aus weit überschaute, hingen schwere
Regenwolken. Auch auf der Stirn unseres Reiters lag heute eine düstere Wolke; und eine schwere
Gedankenarbeit, etwas wie ein Kampf mit sich selber, ein Ringen mit einem Entschluß lag im
Ausdruck seiner Züge. Er schien nicht zu merken, wie langsam sein Pferd schritt.

Auf der Ferme mochte man wegen des Wetters nicht ganz auf den Besuch des deutschen Officiers vorbereitet sein; dieser fand, als er angekommen, die beiden jungen Damen im Salon –
Valentine sehr emsig mit Schreiben beschäftigt, Miß Ellen an einem anderen Tische über Rechnungen und Schreibebücher gebeugt: Miß Ellen schien, wie sie die Honneurs machte, auch die
Hauswirthschaftsangelegenheiten zu führen. Herr d'Avelon war nach den »Forges« von Rubrai
gegangen, um dort eine Bestellung zu machen – Max vernahm im Laufe des Gesprächs, daß
die »Forges«, der große Eisenhammer von Rubrai, zu der Domaine von Givres gehörten, und
daß die Domaine von Givres das Eigenthum der Mutter Gaston's de Ribeaupierre war.

»Sie sind so begierig, das Orakel des alten Druidensee's zu befragen?« sagte Valentine Max
entgegengehend und ihm wie einem alten Bekannten die Hand reichend – »wir haben gefürchtet, daß das Wetter Sie abhalten würde ...«

Sie sah dabei außerordentlich hübsch und verführerisch aus – das Schreiben, schien es, hatte
ihre Wangen höher als gewöhnlich geröthet, und es lag, wie sie Max entgegentrat, eine gewisse
Befangenheit in ihrem Wesen, die sie doppelt anmuthig machte; das Handausstrecken war wie
ein Act dieser Befangenheit, der ihr einen verwunderten, aber nicht wahrgenommenen Blick
von Miß Ellen zuzog.

»Es ist einmal ein schlechtes Wetter,« antwortete Max scherzend, »was uns alle in Ihr Frankreich, und was mich insbesondere nach Ihrer Ferme gebracht hat; und heute gar viel zu schlecht,
als daß ich Damen zumuthen dürfte, einen Spaziergang über feuchten Boden, vielleicht über
Wiese oder durch Gehölz zu machen – ich hätte das bedenken sollen!

»O nein,« fiel Valentine ein, »wir sind ganz bereit ...«

»Wir warten doch wohl besser eine Weile,« bemerkte Miß Ellen, »ob nicht, wie ich fürchte,
die dunkle Wolke, die eben heranzieht, uns Regen bringt.«

»Wie Sie meinen, Ellen! Um uns die Zeit zu vertreiben, können wir ja unterdeß statt des alten
gallischen das deutsche Orakel befragen,« setzte Valentine mit dem Tone harmloser Neckerei
und auf einen Sessel deutend hinzu.

»Mache ich Ihnen den Eindruck eines Orakels?« entgegnete Max sich setzend.

»Ein wenig thun das alle Männer, wenn sie uns arme Frauen belehren.«

»Doch nur die, welche glauben Frauen belehren zu können – ich gehöre gewiß nicht zu ihnen,
sondern zu denen, welche glauben, daß wir das Beste von den Frauen lernen müssen.«

»Und was ist das Beste? – Zu gefallen?«

»O nein, – daran läßt nur der französische Leichtsinn Sie zuerst denken. Mein deutscher
Ernst antwortet: Leiden zu können!«

»Das nennen Sie das Beste?«

»Es ist das Nothwendigste wenigstens im Leben. ›L'art de vivre c'est savoir souffrir‹ hat einer
Ihrer Schriftsteller gesagt.«

»Und Männer lernen das nur von den Frauen?«

»Ja, wenn auch die Frauen oft eine sehr kunstlose Methode bei diesem Unterricht anwenden...dieselbe Methode, wonach junge Enten, Schwäne etc. das Schwimmen lernen. Sie werden einfach von der Mutter in's Wasser geworfen!«

Valentine lachte.

»Das bedarf der Erklärung,« sagte sie.

»Liegt sie nicht auf der Hand? Ein Mädchen begegnet uns und erweckt eine Leidenschaft in uns – das Leid ist da, und wir müssen nun darin zu schwimmen, in diesem Elemente weiter zu leben verstehen. Glauben wir es nicht zu können, wähnen wir untergehen zu müssen – was hilft's, kein Gott steht uns bei, wir *müssen's* können, und so lernen wir's denn!«

»Und wissen sehr geistreich darüber zu reden!« antwortete Valentine ein wenig spöttisch. »Doch dürfen Sie nicht vergessen, daß auch wir Frauen durch die Männer viel lernen und vor allem zuerst, ihren geistreichen Redensarten zu mißtrauen!«

Max antwortete darauf, und die Unterhaltung spann sich in lebhaftester Weise so weiter, mit heiteren und mit ernsten Dingen beschäftigt, aber die beiden jungen Leute ganz merkwürdig fesselnd und belebend, bis ihre Wangen glühten, und bis der Zauber, der in diesem sie elektrisirenden Gedankenaustausch zu liegen schien, den Grund, weshalb Max gekommen, völlig hatte vergessen lassen. Der Spaziergang zur Grotte der Jungfrau wäre freilich auch nicht mehr auszuführen gewesen, denn es begann in der That leise zu regnen. Nach einer Weile wurde das Rollen eines Wagens im Hofe hörbar.

»Der Vater!« sagte Valentine aufspringend und verließ das Zimmer, um ihm entgegen zu gehen.

»Es wird Herr d'Avelon sein und Valentinens Verlobter, Herr Gaston!« sagte Miß Ellen, die bisher schweigend und wie mit ihren Rechnungen beschäftigt die jungen Leute beobachtet hatte und jetzt bei dem Worte ›Verlobter‹ einen scharfen Blick auf Max warf.

Sie hatte die Genugthuung, zu sehen, daß Max bei diesem verhängnißvollen Worte die Farbe wechselte.

»Herr Gaston von Ribeaupierre ist Fräulein Valentine's Verlobter?« fragte er, sich zu einem möglichst unbefangenen Tone zwingend.

»So ungefähr,« versetzte die Miß; »eigentlich sind sie schon als Kinder verlobt, durch die Verhältnisse schon, die Natur der Sache, könnte man sagen; Gaston wird die Domäne von Givres erben, sobald seine Mutter, von der sie herrührt, stirbt; die Ferme des Auges grenzt unmittelbar daran und Herr d'Avelon hat keine anderen Kinder ...«

»Ach,« fiel Max ein, »welche wohl arrangirte Partie; und die Herzen stehen sich so nahe wie die beiderseitigen Gutsgrenzen?«

»Wie sollten sie nicht, da sie fast zusammen aufgewachsen sind – und da sie nicht blos ihr eigenes Glück dadurch begründen, sondern auch das ihrer Eltern – Herr d'Avelon wünscht diese Verbindung ebenso sehr, wie es Frau von Ribeaupierre thut.«

»Aber,« fragte Max, »weshalb nennen Sie sie ›so ungefähr‹ Verlobte alsdann?«

»Weil,« versetzte Miß Ellen mit einiger Zögerung, »Valentine die Marotte hat, sich erst, wenn sie großjährig und also ganz frei ist, verloben zu wollen ...« '

Max biß sich auf die Lippen und Miß Ellen hätte zu ihrer weiteren Genugthuung wahrnehmen können, daß sich seine Stirn sehr verdüsterte, wenn ihre Aufmerksamkeit nicht durch den Eintritt von Herrn d'Avelon, Valentine und Gaston von Ribeaupierre abgelenkt worden wäre.

Herr d'Avelon bewillkommnete seinen Gast ganz mit derselben Herzlichkeit, womit er ihn gestern entlassen. – Gaston hatte eine sehr steife und gemessene Verbeugung für ihn; in Valentinens Wesen war etwas von Verlegenheit oder von Mißmuth wahrzunehmen. Max bemerkte, während er sich mit dem Hausherrn unterhielt, wie Gaston ihr leise einige Worte zuflüsterte, und beide in eine Fensterbrüstung traten, wo sie eine leis geführte Zwiesprache hatten, die nicht gerade zärtlichen Inhalts schien. Zankten sie sich? Max schien es so – obwohl es eben so gut möglich war, daß Gaston nur Mittheilungen von ernster Natur zu machen hatte; hatte doch auch Herr d'Avelon eine ganze Menge solcher von Givres mitgebracht, Nachrichten vom Kriegsschauplatze, von siegreichen Ausfällen der Pariser wider die Einschließungsarmee, von einem großen Seesieg der französischen Flotte in der Mündung der Elbe, in Folge dessen ganz Hamburg in Flammen stehen sollte; – Max konnte ihm die völlige Unwahrheit alles Dessen klar legen.

»Nun ja, nun ja,« rief Herr d'Avelon aus, »ich glaube es Ihnen – was wollen Sie, es ist ein Krieg von Männern wider Kinder – dabei müssen sich die Kinder mit Geschichten amüsiren und das ist ihr Trost! Hören Sie es, Gaston,« rief er diesen heran, »alle diese Nachrichten, die man uns in Givres verbürgte, sind bloße Erfindungen.«

Gaston kam herbei; er sah sehr mißvergnügt aus; die Falte über seiner Stirnwurzel war zusammengezogen; sein ganzes verlebtes Gesicht machte auf Max einen außerordentlich unangenehmen Eindruck. Als d'Avelon ihm, was er von Max gehört, auseinandersetzte, fiel er, wie es schien, doppelt gereizt ein:

»Wenn unsere guten Nachrichten bloße Erfindungen sind, so hat es den Vortheil für uns, daß wir hoffen dürfen, desto länger unsere geehrten Gäste bei uns zu sehen!«

Die boshaft lächelnde Miene und der hämisch ironische Ton, womit dies gesprochen wurde, ließen Maxens Blut aufwallen, doch bezwang er sich und versetzte ruhig:

»Sie dürfen über unser Hiersein nicht grollen, Herr von Ribeaupierre – wir sind nicht ungerufen, ungeladen gekommen.«

»Darüber ließe sich streiten …«

»Worüber nicht, wenn man den Streit wünscht? … Doch unterläßt man ihn, wenn man sich auf neutralem Boden begegnet.«

»Der neutrale Boden muß von beiden Seiten anerkannt sein; die eine Partei hat nicht das Recht, ihn zu bestimmen!«

Gaston von Ribeaupierre hatte bei diesen Erwiderungen denselben scharfen, verächtlichen und herausfordernden Ton beibehalten. Max hatte den Streit mit ihm vorausgesehen, aber er war nicht gefaßt auf ein so beschleunigtes Herbeiziehen desselben, wie es Gaston offenbar beabsichtigte. Er blickte einen Augenblick wie zerstreut in das erhitzte Gesicht des jungen Mannes, der ihn, ohne es zu ahnen, so plötzlich vor eine schwer wiegende und Ausschlag gebende Entscheidung stellte. Aber da es einmal so war, da er Gaston nicht ohne Erwiderung lassen konnte, faßte er rasch seinen Entschluß und versetzte mit ernst zurückweisendem Tone:

»Den neutralen Boden bestimmt schon die gute Sitte.«

»Die deutsche Sitte kann uns nicht maßgebend sein,« fiel Gaston zornig ein.

»Gewiß da, wo die französische nicht auszureichen scheint.«

»Finden Sie etwas an dieser auszusetzen?«

»An dieser viel weniger als heute am französischen Wetter, das uns hindert, zusammen den projectirten kleinen Ausflug zu machen – wenigstens halten die Damen es für zu regendrohend und feucht dazu. Wenn Sie vielleicht meinen Wegweiser machen wollten, Herr von Ribeaupierre …«

Gaston, der Max augenblicklich zu verstehen schien, fiel rasch ein:

»Wenigstens könnten wir zusammengehen, den Weg zu recognosciren, ob er in der That so schlimm ist, wie die Damen fürchten …«

Damit wandte er sich sofort der Glasthür, die auf die Terrasse führte, zu, und Max folgte ihm. Herr d'Avelon sah ihnen ein wenig betroffen nach, wie sie so schnell von seiner Seite verschwanden, bis Valentine rasch auf ihn zueilte und ihm ängstlich zuflüsterte: »Folge ihnen, ich bitte Dich, folge ihnen!«

»Ah – Du glaubst doch nicht …?«

»Mein Gott, Gaston ist so jähzornig und haßt die Deutschen so – Du weißt das ja – er hat mir eben eine schöne Scene gemacht, daß er den deutschen Officier hier wieder treffen müsse.«

»Aber wenn ich doch den Deutschen, der mir nun einmal gefällt, eingeladen habe …?«

»Ich bitte Dich, verliere keine Zeit, geh' und trenne sie!«

Herr d'Avelon suchte nach seinem Hute, den ihm Miß Ellen schon entgegenbrachte – auch ihre Züge zeigten eine lebhafte Sorge, und so eilte denn Herr d'Avelon hinaus. Als er jedoch auf die Terrasse gekommen war, hatten die beiden jungen Männer, die außerordentlich rasch gegangen sein mußten, sie schon verlassen; sie verschwanden eben um die Ecke des Hauses. Ihnen nachschreitend, sah Herr d'Avelon sie quer über den Hof dem nach Süden liegenden Thore zugehen, von dem aus der Weg zwischen Hecken sich die nächste Höhe hinanzog. Herr d'Avelon rief, aber sie schienen geflissentlich seine Stimme zu überhören und dadurch nur gespornt zu werden, ihre Schritte zu beschleunigen.

»So laß sie gehen, zum Teufel, wenn sie wollen!« sagte sich d'Avelon. »Ich kann sie nicht hüten wie eine Bonne ein paar Kinder; wenn sie sich die Hälse brechen wollen, würden sie auch ohnehin bald genug einen Augenblick dazu finden, sich unter vier Augen diesen Wunsch auszudrücken!«

So ging er zurück, zunächst um nach seinen vorhin abgeschirrten Pferden im Stalle zu sehen.

Als Max und Gaston das Hofthor durchschritten, sagte Jener:

»Ich weiß sehr gut, Herr Ribeaupierre, daß Sie beabsichtigen, mir durch eine Herausforderung die Rückkehr nach der Ferme des Auges unmöglich zu machen. Lassen Sie mich Ihnen vor Allem die Erklärung geben, daß Sie dies nicht erreichen würden – ich würde dennoch zurückkommen.«

»In der That – Sie besitzen also in einem bewundernswürdigen Maße die deutsche Tugend der Zähigkeit, um kein schlimmeres Wort zu gebrauchen.«

»Gebrauchen Sie kein schlimmeres; Sie werden bald selbst einsehen, daß es besser ist, wenn diese Unterredung einen friedlichen Verlauf nimmt. Ich würde gewartet, die Verhältnisse hier genauer zu beobachten gesucht haben, bevor ich eine Auseinandersetzung wie diese mit Ihnen begonnen – Sie zwingen mich schon heute dazu, und so sei's! Ich glaube, ich wage dabei nichts, denn wenn Sie mich auch als Deutschen, als den Soldaten des Feindes, der auf Ihrem vaterländischen Boden steht, hassen, so hindert das doch nicht, uns einander als vollkommene Ehrenmänner zu betrachten. Wie sehr ich meinerseits das thue, soll Ihnen die vollständig deutsche Offenheit beweisen, womit ich Ihnen etwas anvertraue, was, wenn es je über Ihre Lippen käme, ein großes Unglück über eine Familie bringen würde, gegen welche Sie freilich zu große Verpflichtungen haben, um sie je compromittiren zu können. In der That, Ihr Mangel an Discretion würde eine Infamie sein, und so darf ich reden, ohne Versicherungen von Ihnen zu verlangen.«

»Mein Gott, welche feierliche Einleitung!« sagte Gaston die Achsel zuckend und doch mit einer gewissen Spannung in Maxens Züge spähend.

»Die Einleitung ist nöthig; die Mittheilung, die ich Ihnen zu machen habe, mag desto kürzer sein, wenn Sie wünschen. Also hören Sie! Ich sagte Ihnen, daß ein vom Zaune gebrochener Streit, ein Duell, mich nicht von hier vertreiben würde. Das ist in der That so; denn ich bin hier, hier in der Ferme des Auges mit gutem Rechte. Die Ferme des Auges gehört mir und Niemand anders. Herr d'Avelon, oder richtiger Herr von Daveland, ist nur mein Verwalter auf derselben und verpflichtet, mir Rechenschaft für jeden Heller, den er davon bezogen, abzulegen. ...«

Gaston von Ribeaupierre war stehen geblieben und blickte dem Sprechenden erschrocken, wie einem Wahnwitzigen, in's Gesicht.

»Es ist so, wie ich Ihnen sage,« fuhr Max ruhig fort. »Uebrigens glauben Sie nicht, daß ich gekommen bin, um diese Rechenschaft zu fordern. Durchaus nicht; denn Herr d'Avelon ist mein Oheim, der Bruder meines verstorbenen Vaters, und Valentine ist meine Cousine.«

»Ah – immer besser!« stieß jetzt Gaston ingrimmig hervor – »nur seltsam, daß Herr d'Avelon Gründe zu haben scheint, diese ihm wie aus dem Monde zufallende Vetterschaft nicht anzuerkennen, oder daß Sie Gründe zu haben scheinen, sie ihm gegenüber sehr ängstlich zu verbergen.«

»Solche Gründe habe ich allerdings; sehr dringende Gründe. Ich würde auch nach diesem Orte heute nicht zurückgekehrt sein, wenn meine Cousine nicht einen Eindruck auf mich gemacht hätte, der mir völlig unmöglich macht, nicht einer Gedankenreihe zu folgen, an deren Ende die friedlichste und natürlichste Versöhnung zweier streitenden Interessen steht ...«

»Das heißt, Sie wollen sich um ihre Hand bewerben?«

»Ich will es!«

»Pest,« rief Gaston mit wuthflammenden Zügen aus, »das ist eine merkwürdige Erklärung – ihrem Verlobten gegenüber!«

»Noch sind Sie das nicht – ich weiß, daß Valentine noch nicht eingewilligt hat, Ihnen diesen Namen öffentlich zu geben.«

»Also,« fuhr Gaston in demselben Tone des Zornes und der Verachtung fort, »Sie wollen auf Ihre Vetterschaft, auf Ihr behauptetes Eigenthumsrecht an dem Vermögen Valentinens gestützt hier auftreten und – wie ein Herr und Gebieter die Hand des jungen Mädchens fordern? Ohne zu fühlen, welch lächerlichen Eindruck mir Ihr so naiv ausgesprochenes Recht auf die Ferme des Auges machen muß, beginnen Sie heute damit, daß Sie mir die Thür weisen … und Ihre deutsche Phantasie unterstützt Sie so glücklich dabei, daß Sie glauben, dieser schöne Kriegsplan, diese Intrigue würde ohne allen weiteren Widerstand gelingen? Womit beweisen Sie vor allen Dingen Ihre seltsame Behauptung von einem Eigenthumsrecht auf das Vermögen des Herrn d'Avelon? Wenn Sie es in der That hätten, würden Sie dies vor allen Anderen ganz heimlich – *mir* anvertrauen?«

»Meine Beweise sind ziemlich einfache und ziemlich klare,« antwortete Max; »ich will sie Ihnen darlegen, denn sie vor allen Anderen gerade Ihnen anzuvertrauen habe ich meine Gründe. Hoffentlich auch werde ich sie Niemand in der Welt sonst anzuvertrauen brauchen! Als mein Großvater starb, hinterließ er ein ansehnliches Vermögen, einen bedeutenden Grundbesitz, der als Majorat auf seinen ältesten Sohn, meinen Vater überging; dazu einen sehr werthvollen Familienschmuck, die Diamanten, welche meine Großmutter getragen hatte, und die auf die junge Frau meines Vaters übergehen sollten. Sie hatten einen hohen, einen für unsere Verhältnisse unverhältnißmäßig hohen Werth, diese Diamanten – mehrere Generationen hatten ihre Ersparnisse darin angelegt, denn in jenen früheren Tagen konnte man erübrigte Summen nicht in Staatspapieren anlegen, weil es deren sehr wenig gab; nicht in Hypotheken, denn der Landbesitz war in den Händen wohlhabender und sparsam lebender Grundherren oder von Leibeigenen, denen es verwehrt war, Schulden zu machen; die Verbindungen mit größeren Städten und Mittelpunkten geschäftlicher Thätigkeit, die Banken und Sparcassen fehlten – so legte man den Ueberschuß reichlicher Ernten bald in schwerem Silbergeräth, bald in Diamanten zur Vermehrung des Familienschmucks, der zum Majorat gehörte, an. Die unseres Hauses mochten einen Werth von vierzig- bis fünfzigtausend Thalern nach damaligen Preisen haben …«

»Nun, diese Diamanten?« rief Gaston ungeduldig aus. »Kommen Sie zur Sache!«

»Diese Diamanten waren verschwunden, als mein Vater seine Erbschaft antrat. Aber keineswegs auf eine irgend räthselhafte Weise. Sie waren verschwunden mit dem jüngeren Bruder meines Vaters, der mir als ein wilder, leidenschaftlicher, rechthaberischer junger Mensch geschildert worden ist, bestimmt für die Militärlaufbahn, nach einigen Jahren des Dienstes wegen eines Zerwürfnisses mit seinem Vorgesetzten aus der Armee entlassen, und damals, als mein Großvater starb, beschäftigungslos im elterlichen Hause. Er war verschwunden wie der Schmuck – daß er sich desselben bemächtigt, konnte nicht in Zweifel gezogen werden, er hatte es selbst in einem Briefe, den er meinem Vater hinterlassen, eingestanden. Dieser Brief war kurz, zornig, voll Beleidigungen für meinen Vater. ›Das Recht, oder besser ein verruchtes Unrecht,‹ hatte er geschrieben, ›giebt Dir Alles – Haus und Hof, Wiese und Acker, Alles bis auf das letzte Blatt am letzten Zweige unserer Wälder. Und mir nichts, als die Erlaubniß, unter Deinem Dach von einer schmalen Rente zu leben und mein Lebensglück im Gedeihen Deiner Race zu finden. Mögen unsere Vorfahren, die es so eingerichtet haben, dafür in der Hölle bestraft werden – freilich eine schlechte Genugthuung für mich! Ich nehme mir eine bessere. Ich lasse Dir Grund und Boden und Alles – den weitaus reichsten Theil der Erbschaft des alten Mannes, der mein Vater so gut war wie der Deine – und dagegen nehme ich den Schmuck an mich; ich werde mir damit ein Leben zu gründen wissen, was mir besser behagt und ehrenhafter scheint, als das, welches mir Deine Gnade in Aussicht stellt. Wenn Du den Muth hast, laß Deinen Bruder durch Steckbriefe als Dieb verfolgen – ich werde dafür sorgen, daß es Dir nicht viel nützt!‹ So ungefähr lautete dieser Brief, der noch heute in meinem Besitz ist.«

»Wahrhaftig,« rief Gaston aus, »Sie können nicht behaupten, daß er ganz und gar unvernünftig war! Und dann – Herr d'Avelon, behaupten Sie, ist dieser – Diamantendieb?«

»Er ist es. D'Avelon ist – Daveland!«

»Ist das, diese Aehnlichkeit der Namen, Ihr ganzer Beweis?«

»Nein. Ich nahm an der Hand Valentinens einen kleinen Ring wahr, einen herzförmigen Diamanten, über dem drei kleine Rubine so angebracht sind, daß das Ganze ein flammendes Herz darstellt; als Kind habe ich mehr als zehn Mal diesen Ring von einer Tante beschreiben hören, die seinen Verlust mehr als alles Andere bedauerte, weil er der Großmutter von irgend einer merkwürdigen Frau, einer vor mehr als hundert Jahren gestorbenen Fürstin, geschenkt war. Ich nahm ferner wahr, daß Herr d'Avelon in die äußerste Bestürzung gerieth, als er zuerst meinen Namen auf meiner Karte las; um mir diese Bestürzung zu verbergen, erhob er sich und zog sich in den Salon zurück; als er wieder erschien, fragte er mit einem Ton, durch den ich trotz aller angenommenen Unbefangenheit die Aufregung zittern hörte, nach meiner Herkunft... und ich eilte, durch eine falsche Angabe ihn zu beruhigen. Ich habe dann auf dem Schreibtisch Valentinens ein von seiner Hand beschriebenes Blatt gesehen – es sind die Schriftzüge jenes Briefes, von dem ich Ihnen erzählte.«

Gaston de Ribeaupierre schwieg eine Weile, dann sagte er mit ironischem Tone, der doch seine innere Bestürzung nicht ganz verbarg: »Ist dies das erste Mal, daß Sie Ihren verschwundenen Oheim entdecken?«

»Was wollen Sie damit sagen?«

»Daß, wenn Sie auf solche unsichere Indicien hin schließen, Ihre Phantasie sehr thätig sein und Sie ohne Zweifel schon mehr als einmal verführt haben muß, in sehr unschuldigen Leuten Ihren – Diamantendieb zu entdecken!«

»Sie glauben mir nicht?«

»Nein. Aber gesetzt, ich ergäbe mich Ihren mir sehr schwach scheinenden Gründen – gesetzt, Sie hätten Recht – was dann? Würden Sie das thun, wozu Ihr Vater zu edel war, zu hochherzig dachte, zu viel Ehrgefühl besaß? Würden Sie den Oheim verfolgen, der nichts that, als durch eine kühne Handlung ein abscheuliches Unrecht auszugleichen? Würden Sie auf Ihr Recht trotzend von ihm entweder Valentine oder Ihre Diamanten, die er längst nicht mehr besäße, verlangen?«

»Wenn ich dies thun wollte, hätte ich gewiß nicht diese Unterredung mit Ihnen gesucht, Herr von Ribeaupierre. Doch lassen Sie mich fortfahren, denn Sie wissen nicht Alles. Mein Vater dachte, wie Sie ganz richtig voraussetzen, nicht daran, seinen Bruder zu verfolgen. Er übernahm sein Erbe und bewirthschaftete es nach bestem Wissen und Vermögen, jahrelang mit gutem Erfolge, bis eine Reihe unverschuldeter Unglücksfälle ihn traf, die seine Verhältnisse zerrütteten. Ein großer Waldbrand ruinirte seinen Forstbestand, eine einträgliche Zeche ›ertrank‹, wie der Kunstausdruck ist, er mußte große Summen zu ihrer Wiederherstellung aufbringen – dazu kamen Mißernten, die ungünstige Entscheidung eines alten mit einem Nachbar schwebenden Processes... kurz, mein Vater sah sich endlich zu dem Entschlusse gedrungen, Vortheil von dem Umstande zu ziehen, daß die neuere Gesetzgebung die Abwerfung von den Fesseln der Majorate und Fideicommisse möglich gemacht hat; er bewirkte eine solche Befreiung seines Guts und verkaufte seinen ganzen Besitz, den vielhundertjährigen Besitz unseres Hauses, die Grundlage unserer gesicherten Existenz. Er zog mit Frau und Kindern in eine Stadt und verwandte den Rest seines Vermögens auf die Erziehung von uns Kindern.«

Max machte eine kurze Pause, dann fuhr er fort: »Ich selbst, der älteste seiner Söhne, bin heute ohne alles Vermögen und lebe von meinem schmalen Gehalt als Staatsdiener. Ich verwalte ein Amt, das ich definitiv zu erhalten hoffe, wenn ich aus diesem Kriege heimgekehrt bin. Hätte mein Oheim nicht die Diamanten meiner Großmutter an sich genommen, so hätte mein Vater mit ihrem Erlös allen Calamitäten die Stirn bieten und uns unseren alten Besitz, unser Stammerbe erhalten können. Sie sehen, die Lage der Dinge hat sich im Laufe der Jahre umgekehrt – der Oheim hat von dem Erlös dessen, was er an sich nahm, dies Gut gekauft, seinen Werth durch gute Bewirthschaftung – vielleicht unter manchen begünstigenden Umständen bedeutend erhöht und – mit einem Wort, er hat Alles, wie einst mein Vater und ich Alles erhalten sollten, und ich habe heute weniger, als damals ihm zufallen sollte!«

»Das ist eine tragische Familiengeschichte,« sagte Gaston nach einer Pause ernsten Nachdenkens und mit sehr verändertem Ton. »Jetzt, wo Sie mir Alles mitgetheilt haben, kann ich Ihnen meine Theilnahme nicht entziehen, die erhöht wird durch das Vertrauen, welches Sie mir schenken. Was wollen Sie thun?«

»Habe ich Ihnen das nicht gesagt? Ich will weder Herrn d'Avelon noch Valentine erschrecken durch die Enthüllung meiner Entdeckung und meiner Beziehungen zu ihnen. Ich will mich um Valentine bewerben, weil mein Herz sich zu ihr hingezogen fühlt, weil ich nicht mehr hoffen darf ohne sie glücklich werden zu können.«

»Und weil dies der einfachste Weg ist, sich in den Besitz ihres Vermögens zu setzen!« fiel Gaston ein. »Aber ich, mein Herr, habe Anrechte auf Valentine.«

»Sie mögen Anrechte auf Valentine haben, zu haben glauben,« erwiderte Daveland Gaston, »ich widersetze mich dem nicht. Ich werde mich schweigend unterwerfen, wenn Valentine Sie vorzieht. Ich werde Herrn d'Avelon dann nie ahnen lassen, wie nahe wir uns stehen; er mag ruhig bis an sein Ende im Besitze Dessen, was sein ist, bleiben. Nur, das begreifen Sie, habe ich auf einen Fremden wie Sie nicht dieselbe Rücksicht, wie auf ihn, zu nehmen. Wenn Herr d'Avelon stirbt, würden nicht Sie der Erbe seines Vermögens werden, Niemand würde es, den Valentine etwa sonst gewählt haben könnte. Meine Ansprüche sind klar und leicht zu beweisen. Herrn d'Avelon's Brief, worin er selbst sich als den Entwender unserer Diamanten bekennt, ist in meinen Händen; ist einmal Friede geschlossen, sind die Beziehungen zwischen Deutschen und Franzosen wieder wie früher geregelt, so wird kein Gericht sich weigern, diese Erbschaft sofort zu sequestriren, die mit meines Vaters, mit meinem Gelde erkauft, die mein ist.«

»Herrn d'Avelon's Besitz ist verjährt!« versetzte Gaston.

»Ein Besitz, der durch ein Verbrechen erlangt wurde, verjährt nicht,« entgegnete Daveland.

Gaston von Ribeaupierre wandte sich zur Seite des Weges, wo eine hölzerne Ruhebank stand. Er ließ sich darauf nieder, zog ein Etui hervor und nahm eine Cigarre daraus. Nachdem er sie angezündet und die ersten Rauchwolken von sich geblasen, sagte er mit außerordentlicher Kaltblütigkeit:

»Der Kern der Sache ist also: Sie wollen mich von der Bewerbung um Valentine abschrecken, indem Sie mir zeigen, daß sie eigentlich ein armes Mädchen ist und nichts erben wird.«

»Würde das allein hinreichen, Sie abzuschrecken?« fragte Max ein wenig ironisch, indem er sich an das andere Ende der Bank setzte.

Gaston rauchte, ohne zu antworten, weiter.

»Es thut mir leid,« hub er dann nach einer längeren Pause wieder an, »daß ich all' den für Sie so schlagenden Gründen, wonach Sie in Herrn d'Avelon Ihren Verwandten erblicken, einen völligen Unglauben entgegensetzen muß. Ich weiß von meiner Mutter, daß Herr d'Avelon Belgier von Geburt ist, daß seine Angehörigen in Belgien leben, Angehörige, mit denen in früheren Jahren meine Mutter in Beziehungen stand. Denn die Frau des Herrn d'Avelon war eine entfernte Verwandte meiner Mutter, und das Vermögen, welches diese Frau ihm zubrachte, diente ihm eben zum Ankauf dieser Ferme des Auges.«

»Möglich; so hat er den Erlös aus den Diamanten früher schon durchgebracht; unser Recht an ihn wird dadurch nicht geschmälert, nicht geändert.«

»Und was den Ring angeht,« fuhr Gaston fort, »so beweist er gar nichts, er kann in jedem Laden, wo solche alte Werthsachen feilgeboten werden, gekauft sein.«

»Und sein Erschrecken bei meinem Namen, und seine Handschrift?« antwortete Max.

»Sein Erschrecken? Sind Sie Ihrer Beobachtung so sicher? Und eine Handschrift von vor dreißig Jahren und von heute, welcher Beweis kann auf die Aehnlichkeit beider gegründet werden? Bleiben Sie die Nacht hier, auf der Ferme des Auges, und ich will Ihnen in der Morgenfrühe die Beweise bringen, daß Sie sich getäuscht haben.«

»Welche Beweise?«

»Eine Copie seines Ehecontracts, mit dem Nachweise, daß sein Vermögen von seiner verstorbenen Frau, Valentinens Mutter, und nicht von den Diamanten Ihrer Großmutter herrührt.... Dann alle die Briefe, welche meine Mutter erhielt, als d'Avelon sich mit ihrer Cousine verbinden wollte, und die die ausführlichsten Nachrichten über sein früheres Leben, seine Beziehungen und Verwandtschaften enthalten.«

»Ich werde diese Ihre Beweise gern prüfen,« versetzte Max, »doch muß ich später darum bitten, ich habe keinen Urlaub, über Nacht aus meinem Quartier in Void zu bleiben.«

»Sind Sie in einer so wichtigen Sache so der Sclave Ihres Urlaubs?« fragte Gaston ein wenig höhnisch. »Ich muß auf dieser Bedingung bestehen, denn ich habe mich morgen Vormittag in Neufchateau einzufinden, wo ich vielleicht mehrere Tage, möglicher Weise Wochen gefesselt sein werde.«

»Wann, um welche Stunde würden Sie mir diese ›Beweise‹ bringen können?«

»Ich werde nach dem Diner nach Givres heimkehren, dort mit meiner Mutter reden ...«

»Ich habe Ihr Wort, daß ...«

»Seien Sie ganz ruhig darüber. Ich werde mit meiner Mutter über die Herkunft des Herrn d'Avelon reden, ohne Ihr Geheimniß irgend zu berühren. Ich werde die alten Papierschaften hervorsuchen und auf meinem Wege nach Neufchateau werde ich morgen um sieben oder acht Uhr hier sein, sie Ihnen versiegelt zu überreichen. Sie werden mir dieselben dann von Void aus nach Givres zurücksenden. Sind Sie einverstanden?«

Max glaubte unter diesen Umständen den Verstoß gegen die Dienstgesetze auf sich nehmen zu dürfen; er konnte ja seinen Burschen mit einer Meldung an Sontheim allein nach Void zurücksenden, um dort keine Unruhe wegen seines Ausbleibens entstehen zu lassen. Gaston übernahm noch, die Einladung zum Bleiben über Nacht, die von Herrn d'Avelon ausgehen mußte, zu veranlassen. Herr d'Avelon war ein leidenschaftlicher Schachspieler; es genügte, nach dem Diner wie zufällig ihn darauf zu bringen und zu einer Partie mit Max zu verleiten; es war sicher vorauszusehen, daß er alsdann seinen Gast so lange festhalten würde, bis er ihn einladen mußte, über Nacht zu bleiben. –

4.

Die beiden jungen Männer kehrten zur Ferme zurück. Herr d'Avelon kam jetzt, von den Ställen her, ihnen entgegen. Er schien in ihren Mienen lesen zu wollen, und Max sagte deshalb, um ihn zu beruhigen, sogleich:

»Wir haben uns vollständig darüber verständigt, Herr d'Avelon, daß viele Dinge nicht der Mühe werth sind, ihretwegen einen beschwerlichen Gang zu machen, dessen Ende man nicht kennt; und da auch wohl die Höhle der Jungfrau zu diesen Dingen gehört, ziehen wir es vor, friedlich zusammen heimzukehren.«

»Ah, das ist sehr weise und sehr löblich gehandelt,« rief Herr d'Avelon offenbar von einer Sorge befreit und fröhlich aus. »Zudem wird die Zeit zum Diner nicht fern sein, und wir thun gut, in's Haus zu gehen, um auch die Damen nicht länger in Sorge zu lassen, daß dies Mahl ihnen verdorben würde durch zu langes Warten auf Ihre Rückkehr!«

Als sie auf die Terrasse zurückkamen, begegneten sie den beiden Damen, die Arm in Arm und lebhaft redend hier auf und ab gingen.

»Unsere Gäste sind in völligem Einvernehmen,« rief ihnen Herr d'Avelon lächelnd entgegen, »daß es besser ist, ihren Ausflug zusammen aufzugeben.«

»In der That,« fiel Gaston ein, »es herrscht darüber nicht die geringste Meinungsverschiedenheit unter uns.«

Valentine blickte forschend in die Züge der beiden jungen Männer; sie nahm allerdings nichts von zorniger Erregung wahr; nur mochte ihr Das, was sie in den Augen und Stirnfalten Gaston's las, nicht viel beruhigender vorkommen; sie war offenbar nicht so leicht beschwichtigt, wie ihr Vater, und sehr zerstreut. Während man nun auf der Terrasse auf und ab ging und Gaston sich mit Miß Ellen unterhielt, begann Herr d'Avelon mit Max über dessen Pferd, das er eben in den Ställen angesehen hatte, zu sprechen – Herr d'Avelon begann die Art und Weise, wie die Deutschen ihre Pferde behandelten, zu rühmen und im Gegensatz dazu Anekdoten über französische militärische Pferdebehandlung zu erzählen – damit war ein unerschöpfliches Thema für ihn gefunden. Er endete auch nicht eher, als bis ein Knecht kam, um sich von ihm in irgend einer Angelegenheit Verhaltungsmaßregeln zu holen; während er bei ihm stehen blieb, sagte Max:

»Es liegt eine Wolke der Sorge auf Ihrer Stirn, Fräulein Valentine! Ich würde viel darum geben, wenn ich etwas thun könnte, um sie zu zerstreuen!«

»Das können Sie,« versetzte sie, »es liegt völlig in Ihrer Macht, sie zu zerstreuen.«

»Ach, ich bitte Sie, sprechen Sie, wie ...«

»Werden Sie es nicht mißdeuten, wenn ich ganz offen mit Ihnen darüber rede? Sie stehen als Sieger auf unserem französischen Boden, und das muß Sie großmüthig machen; Sie müssen begreifen, wie natürlich in den Besiegten die Neigung ist, einer reizbaren Lebhaftigkeit nachzugeben, den Worten etwas mehr von der Bitterkeit, welche in ihren Herzen schläft, mitzutheilen, als es die gemessenste Höflichkeit erlaubt, durch Rede und Blick an den Tag zu legen, daß sie den Deutschen gegenüber ch, wenn auch besiegt, doch nicht entwaffnet oder gar gedemüthigt fühlen –«

»O gewiß, Fräulein Valentine, begreife ich das, das Alles ist ja so natürlich ...«

»Und weil Sie das einsehen, wird es Ihnen leicht werden, es auch zu berücksichtigen, in Ihrem Verkehr mit Herrn Gaston von Ribeaupierre; Sie werden edel genug sein, sich zu sagen, daß Sie nicht darauf eingehen dürfen, wenn ihn eine leidenschaftliche Verblendung zu dem Einfalle hinreißen sollte, den großen Kampf zweier Nationen zu carrikiren durch einen ...«

»O nein, o nein, Fräulein Valentine,« fiel Max rasch ein, »seien Sie vollständig darüber beruhigt, ich habe nicht die geringste Lust, durch eine kleine Privatrauferei, denn anders wäre es ja nichts, dieses große Völkerduell zu carrikiren, wie Sie sich ganz richtig ausdrücken. Ich will Ihnen gern gestehen, daß Herr Gaston gewisse Velleitäten der Art mir gegenüber andeutete; ich habe mit ihm offen geredet und wir sind ganz eins darüber geworden, daß davon weiter nicht die Rede zwischen uns sein kann.«

»Das beruhigt mich in der That und ich danke Ihnen dafür. Aber ich fürchte Gaston's, wie soll ich sagen, leicht bewegliche und reizbare Natur, seine Neigung zu plötzlichem Aufwallen, ich möchte deshalb auch für die Zukunft Ihr Versprechen haben ...«

»Ich soll mich auch für die Zukunft binden? Sie sind etwas von einer Diplomatin à la Benedetti, Fräulein Valentine.«

»Sie würden es nicht scherzhaft nehmen, wenn Sie wüßten, was für mich davon abhängt,« versetzte sie.

»Ich kann es mir denken,« entgegnete Max, durch diese Bemerkung ein wenig betroffen, »man sagt, er stehe Ihnen näher, als es ein bloßer Freund thut —«

Sie schüttelte den Kopf.

»Was sagt man nicht Alles! Aber das Schicksal findet oft seltsame Wege, uns zu umstricken und uns auf Bahnen zu ziehen, zu Schritten zu drängen, welchen wir ursprünglich widerstrebten. Gaston's Mutter ist die Wohlthäterin meines Vaters. Dieser ist unbekannt und freundlos in diese Gegend gekommen; Gaston's Mutter hat ihm erleichtert, möglich gemacht, sich hier einzubürgern und Wurzeln in diesem Lande zu schlagen, indem sie ihm die Verbindung mit einer Verwandten vermittelte —«

»Die ihm dies Gut zubrachte?« lag es auf Maxens Lippen, aber er unterdrückte die Frage, als zu indiscret. Valentine fuhr fort:

»Sie sehen, daß heute, wo Gaston in unser Haus als Freund und Gast aufgenommen ist, wir ihn nicht von der Ferme des Auges seiner Mutter nach Givres heimsenden können mit einem zerschossenen Arm, einer deutschen Kugel in der Brust...stieße ihm durch unsere Schuld ein Unglück zu, dann ...«

Valentine endete nicht; ihre leise geflüsterten Worte verloren sich in einem tiefen Seufzer, der ihre Brust hob.

»Ich verstehe Sie vollständig, Fräulein Valentine,« sagte Max, dem vor stürmischer Freude über diese vielsagenden Geständnisse das Herz schlug. »Ihre Worte ›durch unsere Schuld‹ deuten mir an, welches Urtheil Sie glaubten mir sprechen zu müssen, wenn ich nicht in der Friedfertigkeit das Aeußerste leiste! Sie würden mich sofort von hier vertreiben! Aber Sie können meiner gewiß sein. Ich werde der treueste und gehorsamste Beobachter unserer Kriegsgesetze sein, die uns ja jede derartige Reibung mit Ihren Landsleuten strenge untersagen; in der That, ich werde Gaston gegenüber, was auch immer kommen möge, nie vergessen, daß wir im Kriege sind, so gründlich und vollständig ich das vergesse Ihnen gegenüber. Ich weiß nicht, woran es liegt, aber es ist mir ganz unmöglich zu denken, daß ich auf der Ferme des Auges in einem feindlichen Lande bin – es ist mir, als herrsche in diesem schönen, von der Welt geschiedenen Erdwinkel ein goldenes Zeitalter ewigen Friedens, eine heimathliche Luft, nur eine mildere, wärmere noch als meine heimathliche, denn ich wüßte keine Stelle der Heimath, wo mir so alle Knospen des Gemüths plötzlich und über Nacht aufgeblüht sind —«

Valentine erröthete ein wenig, als er dies so lebhaft sprach, sie antwortete lächelnd:

»Wenn in diesem stillen Thale auch nicht ganz so die ewige Sorglosigkeit und der Friede des goldenen Zeitalters herrscht, wie es Ihnen scheint, so haben Sie doch Recht, wenn Sie gerade hier das berühmte deutsche ›Gemüth‹ sich ausblühen lassen, denn Sie finden an uns Leute, die es zu verstehen wissen.«

»Und doch sprechen Sie ein wenig ironisch von diesem ›Gemüth‹.«

»Ironisch? o nein; umsoweniger, da wir ja glauben, es ebenso gut zu besitzen, und es eben so hoch halten, wie die Deutschen es thun. – Wir nennen es nur anders.«

»Und wie nennen Sie es?«

»Wir nennen es Seele!«

»Ist es dasselbe? Es käme darauf an, es zu untersuchen. Und könnten wir das nicht? Gäbe es nicht ein vortreffliches Mittel dazu? Sie müßten mir verstatten, Ihnen mein *Gemüth* zu zeigen, und zeigten dagegen wieder ein klein wenig von Ihrer *Seele* – wir sähen dann bald ...«

»O,« unterbrach sie ihn lächelnd, »ein solcher Austausch würde doch nichts entscheiden – höchstens für Sie und mich ...«

»Und wäre das nicht genug – ist es nöthig, daß es für die übrige Welt eine Bedeutung hätte? Ich kann Sie versichern, daß ich die übrige Welt sehr bald darüber vergessen würde, daß sie wie ein wesenloser Schatten hinter mir liegen würde, wenn ...«

Valentine unterbrach seine leidenschaftlich geflüsterten Worte hier durch eine plötzliche Wendung, sie blickte nach ihrem Vater zurück, der jetzt eben rasch herankam, um sich wieder zu ihnen zu gesellen.

Weder Max noch Gaston fanden eine Schwierigkeit, den Plan, den sie gemacht, auszuführen; als Gaston nach dem Diner die Rede auf das Spiel brachte und Max andeutete, daß er es gern spiele, erfolgte Herrn d'Avelon's Einladung zu einer Partie ganz mit dem Eifer, den Gaston vorhergesagt hatte, und nachdem der Chasse-Kaffee genommen, brachte ein Diener das Schachbrett herein. Man setzte sich dazu in den Salon. Valentine nahm unterdeß in demselben Raum an einem der Fenster Platz, mit einem Buche beschäftigt; doch blickte sie oft darüber fort, zumeist auf Miß Ellen; es entging ihr ein gewisses unruhiges Wesen in Miß Ellen nicht, die, bald mit diesem, bald mit jenem beschäftigt, von Zeit zu Zeit mit Gaston einen Blick des Einverständnisses zu wechseln schien. Endlich trat Miß Ellen in die Glasthür, wie um nach dem Wetter draußen auszuschauen; Gaston folgte ihr dahin und Beide gingen dann auf die bereits dämmernde Terrasse hinaus, wo sie wieder eifrig sprechend auf und ab gingen. Valentine war eigenthümlich beunruhigt durch die auffallende Veränderung im Betragen Gaston's, der, ganz im Gegensatz zu seinem früheren Wesen, während des Diners die Höflichkeit selbst gegen Max gewesen war; so folgte sie mit Sorge dieser langen geheimen Zwiesprache: was hatte Gaston, was Ellen ihr zu verheimlichen? Wollte sich Gaston dennoch mit dem deutschen Officier schlagen, und dabei war Ellen die Vertraute dessen, was er ihrem Vater, was er ihr verbarg? Freilich, Gaston und Ellen hatten sich stets vortrefflich verstanden – daß sie verbrüdert waren durch dasselbe Ziel, dem sie zustrebten, daß auch Ellen nichts sehnlicher wünschte, als eine Wendung der Dinge, nach welcher sie die sehr gegründete Hoffnung hatte, die Herrin auf der Ferme des Auges zu werden, – das wußte Valentine!

Ihre Unruhe sollte steigen, als endlich Gaston wieder in den Salon kam und, nachdem er eine Weile den Spielenden zugesehen, lächelnd sagte: »Die deutsche Strategie auf dem Schachbrett ist nicht ganz so rasch wie die auf dem Schlachtfeld. Sie werden die Nacht hier bleiben müssen, wenn Sie Partie und Revanche nicht in schnellerem Tempo nehmen, Herr von Daveland.«

»Sie haben Recht, die Nacht bricht bereits ein und ich werde kaum Zeit haben, die Partie zu beenden!« versetzte Max.

»Wie,« rief d'Avelon aus, »glauben Sie, ich ließe Sie ziehen, bevor wir die Partie mit voller Muße beendet haben? Denken Sie nicht daran. Und wenn es Nacht darüber wird – was schadet es? Sie werden in der Ferme des Auges ganz ebenso gut schlafen wie in Ihrem Quartier in Void.«

»Nicht mit so ruhigem Gewissen,« versetzte Max, »ich darf nicht ohne Meldung bei meinem gestrengen Compagniechef ausbleiben; ein so eigenmächtiger Quartierwechsel würde mir einen hübschen Verweis zuziehen, ja vielleicht gar eine Perspective auf das Kriegsgericht eröffnen.«

»Sie übertreiben. Senden Sie nur Ihren Burschen mit einer Meldung an Ihren Chef, das wird genügen. Denn in der That, von hier lass' ich Sie nicht, bis wir gründlich unsere Kräfte gemessen haben, und darüber wird es freilich zu spät für Sie werden, um noch nach Void heimzukehren.«

»Wenn Sie mich in der That so hartnäckig gefangen halten, wird mir nichts Anderes übrig bleiben, als meinen Burschen mit einigen Zeilen an meinen Chef abzusenden, die ihn, wenn auch nicht ganz über meinen Mangel an Disciplin besänftigen, doch über den Grund meines Ausbleibens beruhigen können.«

Max erhob sich und Miß Ellen, die eben die Klingel gezogen, damit der Diener die Lampen hereintrage, brachte ihm sehr bereitwillig Schreibmaterialien herbei. Valentine beobachtete sie dabei und glaubte einen Zug von triumphirender Genugthuung in ihrem sonst so wenig beweglichen Gesicht zu lesen. Was sollte dies Alles? War es ein von ihr und Gaston abgekartetes Spiel, um Max über Nacht zu halten und – ihm irgend eine Schlinge zu legen? Es legte sich wie eine dunkle Ahnung auf Valentine; mit scheuen Blicken beobachtete sie jetzt ihren Vater – in seinen ruhigen Mienen spiegelte sich nichts als der ausschließliche Gedanke an sein Spiel, dessen Stand er, während Max schrieb, mit intensivem Interesse studirte; dann Gaston's Züge, der wieder seine bedeutungsvollen Blicke mit Miß Ellen zu wechseln schien und dann von der Seite auf den schreibenden deutschen Officier schaute, mit einem Ausdruck in den leichtgerunzelten Brauen, der nichts Beruhigendes enthielt. Als Max fertig und nun gegangen war, um seinen Burschen mit dem Billet abzusenden, sagte Miß Ellen, sich ebenfalls zum Gehen wendend:

»Ich werde Auftrag geben, das kleine Fremdenzimmer für unseren Gast herzurichten.«

»Das neben dem Eßzimmer? Und weshalb nicht das bessere oben?« fragte Valentine lebhaft,

»Weil das kleinere bequemer für ihn liegt, parterre, und er nicht nöthig hat, uns Alle zu stören wenn er morgen vielleicht in der Frühe schon heimkehren will. Auch sind oben die Vorhänge abgenommen und diesen Abend nicht mehr in Ordnung zu bringen.«

Dagegen ließ sich nichts einwenden, obwohl das kleine Fremdenzimmer sonst nur zur Aushülfe diente und sehr viel weniger Comfort bot, als das oben im Mansardenstock in der Reihe der übrigen Schlafzimmer liegende eigentliche Fremdenzimmer.

Max war auf eine gewisse Widersetzlichkeit bei seinem Burschen gestoßen, als er diesem aufgetragen, ohne ihn nach Void heimzukehren und dem Hauptmann Sontheim ein Billet zu überbringen. Der ehrliche Bursche hatte es bedenklich gefunden, seinen Herrn so ganz allein an einem Orte zurückzulassen, wo er, was seine persönlichen Beobachtungen anging, durchaus nicht auf Vertrauen erweckende Sympathien in Hof und Gesindestube gestoßen war, die ihm solch ein einsames Uebernachten in der Ferme des Auges vorsichtig und räthlich erscheinen ließen; aber Max, der zu seinem Spiel zurückzukommen eilte, schnitt seine Vorstellungen durch einen gemessenen Befehl ab, und Friedrich ging deshalb, sein Pferd aufzuzäumen.

Der Abend verging ruhig und ohne Zwischenfälle. Die beiden Spieler kamen zu einem für Herrn d'Avelon sehr befriedigenden Ende der ersten Partie – er hatte Max matt gesetzt und bedauerte nur, daß Gaston nicht mehr da sei, um Zeuge seines Sieges zu sein; Gaston hatte sich gleich nachher, nachdem Max seinen Burschen abgesandt, beurlaubt, um nach Givres heimzukehren. Während die Herren die Revanchepartie spielten, hatte Valentine sich an ein Fortepiano gesetzt und Max war mit dem größeren Theile seiner Aufmerksamkeit, die doch Herr d'Avelon mit seiner Gewandtheit und Ueberlegenheit so sehr in Anspruch nahm, bald nicht mehr bei dem Spiele seines Gegners, sondern dem des jungen Mädchens. Valentine spielte nur deutsche Musik…war es eine Freundlichkeit für Max?…jedenfalls spielte sie sie mit innigem Verständniß und großem Gefühl; Max konnte nicht anders als sich sagen, daß ihr Spiel eine ihm tief in's Herz dringende Ueberzeugungskraft von der Identität deutschen »Gemüths« und französischer »Seele« habe – er fühlte sich von dem Strömen und Rauschen dieser Töne, in denen ihm eine Seele ihre Schwingen zu hohem Geistesfluge auseinander zu schlagen schien, in der tiefsten Tiefe seines Gemüths erfaßt.

Miß Ellen hatte eine Weile neben Valentine gestanden und ihr die Notenblätter umgewendet; dann, als ob diese deutsche Musik sie nicht mehr fessele, wandte sie sich ab und ging unruhig umher, um sich endlich mit einem Buche an die Lampe in der entferntesten Ecke des Salons niederzusetzen.

Max hatte darüber den einen Springer und kurz nachher auch seine Königin eingebüßt; es schlug auf der Pendule über dem Kamin eben elf Uhr, als Herr d'Avelon zum zweiten Male sein siegreiches »Matt!« ausrief. Valentine erhob sich von ihrem Instrument und schaute Max mit einem wie dankbaren Lächeln an – er wußte noch nicht, wie sehr es zum Glücke des Hausherrn und zum Frieden des ganzen Hauses beitrug, wenn Herr d'Avelon in einer Schachpartie der Sieger geblieben war. Dieser ließ seinen Partner erst nach einem Nachttrunk, der jetzt hereingebracht wurde, und nach einer gründlichen Debatte über die beiden Spiele zur Ruhe gelangen… er führte ihn durch das Speisezimmer und dann quer über den Hausflur in ein jenseits desselben liegendes, auf den Hof hinausgehendes kleines Schlafzimmer, wo er ihm mit einem herzlichen Händedruck gute Nacht wünschte. –

Max schloß seine Thür ab, sah nach den inneren Fensterläden, die er wohlverwahrt fand, legte seinen Degen und den leichten Revolver, den er in der Tasche seines Ueberziehers mit sich führte, auf seinen Nachttisch und begab sich zur Ruhe. Daß ihn jedoch der Schlaf floh, war nur natürlich. Mußte ihm doch zu Muthe sein, wie Jemandem, den aus einem Zustand der friedlichsten Seelenruhe heraus eine merkwürdige Fügung plötzlich in einen völlig unerwarteten Conflict, einen wahren Wirbel von seltsamen Thatsachen gerissen; er lag auf seinem guten französischen Bette nicht viel anders, nicht ruhiger und besser, als er auf dem Rücken einer stürmisch bewegten Meereswoge gelegen hatte – wenigstens lag er in einer Fluth hin- und herwogender Gedanken, ohne den Halt von irgend etwas Sicherem und Bestimmtem zu haben, woran er sich wie an einem Anker in dieser Fluth festklammern konnte. Es war Alles ja nur quälende Frage, was ihn umgab und was sein Herz und seinen Verstand bedrängte. Zwar was Gaston de Ribeaupierre ihm gesagt, um ihm seine Ueberzeugung auszureden, daß er hier seinen verschollenen Oheim wieder gefunden, das hatte wenig Eindruck auf ihn gemacht. Gewiß, er hatte darauf eingehen müssen, er mußte es als eine Pflicht betrachten, die Beweise, die Gaston zu haben glaubte, zu prüfen; aber er war sich klar darüber, daß Gaston sich täuschte, daß seine Beweise nicht stichhaltig sein könnten; Max fand sogar etwas von einer »Stimme der Natur« in dem Gefühl von Sympathie, welches d'Avelon ihm so rasch bewiesen, und in dem tieferen ausschließlicheren und jetzt schon zur Leidenschaft gewordenen Gefühl, das ihn bei dem Anblick der Züge Valentine's erfaßt hatte, in der ganz eigenthümlichen Sprache, welche diese Züge schon da, als er sie erst im Bilde erblickt, für ihn gehabt hatten. Wie fragend hatten diese schönen Augen ihn angeblickt, wie erwartungsvoll in die Ferne gerichtet, als ob sie von dort her das Nahen eines verhüllten Schicksals, einer überlegenen Macht halb scheu, halb muthig erwarteten, oder als ob sie sagen wollten: ich hüte in mir eine Welt und ein Leben, und wer kommt mit dem Zauberwort, das diese Welt erschließt? – –

Nein, es war unmöglich, daß er sich täuschte; aber desto möglicher war, daß er, als er sich so ganz ohne überlegten Plan und nur den Eingebungen des Moments folgend gehen lassen, weder edel noch klug gehandelt hatte. War es edel, daß er Menschen, die ihn so arglos und herzlich aufgenommen, verheimlicht, wie nahe er ihnen stand? Wäre es nur geschehen, um Herrn d'Avelon zu schonen – dann gewiß; aber war es nicht mehr noch eine häßliche Kriegslist gewesen, um sich nicht für immer von Valentine getrennt zu sehen; und hätte er nicht offener und größer gehandelt, wenn er ganz wahr gewesen und zu d'Avelon gesprochen: »ich erkenne Dich, ich durchschaue Deine Maske, Du bist mein Oheim und ich bin Dein Neffe; doch erschrick nicht, ich komme nicht mit veralteten Ansprüchen oder als Erbe verjährter, längst begrabener Vorwürfe wider Dich!« Offener, ehrlicher wäre es gewesen, ohne Zweifel; aber wie ein lebendiger Vorwurf, eine stete Demüthigung wäre er dann doch immer für d'Avelon geblieben, er hätte seiner Großmuth einen Charakter beleidigender Ueberlegenheit nicht nehmen können; ein Werben um Valentine hätte etwas Forderndes, Heischendes, Zwingendes angenommen – er hätte nicht mehr daran denken dürfen! und dazu war ja dieser Gaston da mit seinen Ansprüchen auf Valentinens Hand – und ihm gegenüber wollte Max keinen Verzicht aussprechen – gegen ihn wollte er die Waffe seines Rechts schwingen; er glaubte ja – oder überredete er es sich nur? – daß Valentine ein inneres Widerstreben wider diesen Mann empfinde und daß nur äußere Gründe Beide zu einer echt französischen Verbindung bestimmten, von der er Valentine errettet haben würde, sobald er Gaston den Schild seines Rechtes vorhalte, sobald Gaston einsehe, daß er in Valentine keine Erbin finden werde. Und darum hatte er diesem so rückhaltlos Alles aufgedeckt, was er seinen Verwandten verschwiegen – wie der Augenblick ihn bestimmt, ihn hingerissen – vielleicht als ein rechter Thor, der er war, gegen diesen Gaston mit einer großartigen Offenheit zu verfahren, die er, Gott weiß wie, vielleicht mißbrauchen würde; er hatte seine ganze deutsche Ehrlichkeit in die Verhandlung mit diesem Franzosen gelegt, ohne zu bedenken, daß Gaston de Ribeaupierre, wenn er auf die ihm gewordene Enthüllung hin zurücktrat, dies nicht ohne bittere Gefühle und tiefen innern Groll thun würde; davon konnte Max jedenfalls überzeugter sein, als von Gaston's Ritterlichkeit und Edelmuth, von denen er bisher nicht die geringste Probe hatte; und wie gegründet war also Maxens Sorge, daß Gaston nicht schweigen, daß er d'Avelon durch Verbreitung dessen, was er vernommen, bloßstellen werde! Max fühlte dabei nur geringe Beruhigung in den Vorwürfen, die er dann wieder sich selber darüber machte, daß er ohne Grund die Ehrlichkeit und Discretion eines Anderen in Zweifel ziehe. Er hatte wie ein unbesonnener Spieler, nur um einem Duell zu entgehen, das ihn für immer von der Ferme des Auges verbannt haben würde, sofort Alles auf die Eine Karte, die Verschwiegenheit Gaston's gesetzt – dazu noch mit einer eigennützigen Berechnung, einem festen Bauen auf die innere Hohlheit französischer Verbindungen und Bewerbungen – und die Sorge, daß er in dem einen wie dem andern einen verhängnißvollen Fehlgriff begangen, daß Gaston, auch wenn Valentine keine Erbin war, an ihr festhalten könne, lag nahe genug, um den Schlaf von seinen Wimpern zu scheuchen.

Aber was geschehen, ließ sich nicht ungeschehen machen; er wußte auch nicht, wie er hätte anders handeln können – sein Verhältniß zu den Bewohnern der Ferme des Auges war nicht so, daß er mit Sicherheit hätte darauf zählen können, die Zeit zu finden, um andere Wege einzuschlagen; ganz gewiß hätte er nicht zu langen diplomatischen Schachzügen Zeit und Muße gefunden. So suchte er die Sorge von sich abzuwerfen und sich den Erinnerungen und Bildern aus seiner Kindheit hinzugeben, die heute so frisch und lebendig in ihm erstanden waren, als er mit Gaston geredet. Die Augen schließend, sah er das schöne, mit hohen Giebeln über einen Kranz von dichten Lindenwipfeln ragende Väterhaus vor sich, mit den breiten Wassergräben umher und den alten verwitterten wappengeschmückten Steinthoren, an denen er als Knabe emporgeklettert war, um oben stolz auf einem der schildhaltenden Löwen zu reiten; er sah den Erker an der Hausecke, durch dessen geöffnetes Fenster er von seinem Hochsitz aus die Mutter an ihrem Nähtisch erblicken konnte, die er dann anrief, damit sie seine Kraftleistung bewundere; er sah seine weißen Tauben um das spitze Dach des Treppenthurmes kreisen und im hellen Sonnenlicht blitzartig die Flügel schlagen – und den Eichwald mit den aufgeschichten Holzklaftern hinter dem Wiesengrund, den schönen Wald, in dem er seine ersten Jagdversuche auf Eichhörnchen und Drosseln gemacht. Das Alles, die ganze Herrlichkeit, die einst als sein sicheres und unantastbares Erbe gegolten, war jetzt dahin; fremde Menschen waren gekommen, um es abzureißen, neu zu bauen, um und um zu kehren; mit dem Besitz war der Stolz und Klang des alten Namens dahin – und das Alles – wie unzählige Male hatte er es dem bösen, ruchlosen, entsetzlichen Onkel schuld geben hören, der dem alten Hause verbrecherisch die Mittel entführt, sich aus dem Ruin zu retten! Wie eine Art Ungeheuer, den anderen grimmigen Märchenungeheuern der erzählenden Tante gleich, wie ein von abergläubiger Scheu umgebenes Wesen, dessen Namen man nicht gern ausspricht, sondern durch Andeutungen ersetzt, war ihm einst dieser Onkel erschienen…nichts hatte ihm ferner gelegen, als der Gedanke an die Möglichkeit, ihn je wieder zu sehe; bei den Antipoden, in noch unentdeckten Ländern jenseits aller Meere sein ruchloses Dasein verbergend, hatten Maxens Knabenträume ihn gesucht – und jetzt, jetzt lag er friedlich unter seinem gastlichen Dach, mit dem Gefühle des herzlichen Wohlwollens für den Mann, dem er völlig verzieh, daß er einmal zur Selbsthülfe gegriffen, um ein altes Unrecht auszugleichen, der dann sich ehrlich sein Haus gegründet, sein Glück auferbaut und die Gewaltsamkeit seines Anfangs durch redliche Arbeit längst gesühnt hatte; er lag friedlich unter seinem Dach, und dies Dach beschirmte den Inbegriff alles Glückes für Max, der, jetzt still die Lider schließend, auch die Reihe seiner Gedanken mit dem schloß, wie wunderbar das Leben mit uns spielt!

5.

Als Max Daveland sich zur Ruhe begeben, hatte sogleich auch der Hausherr sein Schlafgemach oben im Hause aufgesucht; Valentine und Ellen waren ihm gefolgt. Valentine fand in ihrem hübschen Mansardenzimmer, das ebenfalls auf den Hof hinausging, das Fenster noch geöffnet. Sie sah, daß die Regenwolken, welche den Tag über den Himmel überzogen hatten, ohne sich zu entladen, sich mit dem Einbruche der Nacht nur noch mehr verdichtet hatten und jetzt das ganze Himmelsgewölbe bedeckten, von dem weder Mond noch Stern niederglänzten. Ein leichter Strichregen fiel unhörbar leise nieder. Valentine legte sich in das Fenster und ließ sich von einzelnen feinen Tröpfchen die brennende Stirn kühlen – denn ihre Stirn brannte, ihre Wangen glühten. War es die Musik, die sie mehr als jemals ergriffen? Es war in ihr eine eigenthümliche Erregung, etwas von einer Unruhe, die doch nicht quälte, etwas von einer innern Spannung, als ob in den nächsten Augenblicken irgend ein Unerwartetes, irgend ein ihr ganzes Leben erfassendes Schicksal vor sie treten könne; dazu kamen dann aber bald wieder, wie Anwandlungen, die auftauchen und schwinden, die früheren Gedanken ängstlicher Sorge um etwas, das sich still und heimlich hinter ihrem Rücken bereite, eine böse Intrigue, die Gaston anzettele und zu der Miß Ellen den Einschlag liefere mit ihren rosigen, dünnen und kalten Fingern, deren Berührung Valentine stets gescheut hatte. Miß Ellen hatte ihre Erziehung geleitet, aber sie hatte sich ihr Herz nicht gewonnen, weder früher, als sie ihre Lehrerin war, noch jetzt nach dem Tode der Mutter, wo sie die Frau dem Hause ersetzte und sie ebenfalls Herrn d'Avelon ersetzen zu wollen schien…Valentine konnte sich nicht verhehlen, daß sie, um dies Ziel zu erreichen, die lebhafte Begünstigerin Gaston's und seiner Wünsche war; ja sie mußte vermuthen, daß für den Fall ihrer Verbindung mit Gaston de Ribeaupierre sich ihr Vater an Miß Ellen bereits gebunden hatte – Miß Ellen übte wenigstens schon jetzt eine ziemlich große Herrschaft über Herrn d'Avelon aus. So war das Bündniß zwischen Gaston und Miß Ellen ein natürliches, und das eben verschärfte jetzt Valentinens Sorge; die ängstliche Beklemmung, die von Zeit zu Zeit in ihre erregte, schwunghaft hochfliegende Stimmung kam, wie ein Windstoß die Oberfläche eines träumend daliegenden Weihers kräuselt und aufwühlt.

Valentine blickte aus ihrem Fenster auf den schweigend und dunkel daliegenden Hof nieder, über die Dächer der Oekonomiegebäude fort, auf die leise ansteigenden Höhen dahinter, nach der schmalen, aber ziemlich tiefen Einsattelung, die im Westen den Kranz dieser Höhen unterbrach – plötzlich fiel ihr auf, daß das gewöhnliche Schauspiel, welches sie Nachts von ihrem Fenster aus hatte, wenn sie den Blick auf die Einsattelung richtete, heute fehlte – der Gluthschein und das von Zeit zu Zeit sich wiederholende Aufleuchten der Frischfeuer in dem Eisenwerke, das zu Givres gehörte und das gerade hinter jener Einsattelung lag, über deren Kamm sonst der Feuerschein in jeder Nacht den Horizont mit seiner rothen Gluth übergoß und in regelmäßigen Pausen stoßweise sich verstärkend an das Arbeiten eines Vulcans erinnerte.

Weshalb fehlte heute dies Feuer, das sonst immer nur in der Nacht vom Sonntag zum Montag erlosch? Hatten die Arbeiter Strike gemacht, hatte der Krieg sie von ihrem rußigen Tagewerke abgerufen, hatte sonst ein Ereigniß den Stillstand dieser Werke erzwungen? Das Alles konnte nicht sein, denn Gaston würde es ganz sicherlich mitgetheilt und ausführlich mit ihrem Vater darüber geredet haben. So warf es plötzlich Valentinen eine Last auf die Brust, die das Gewicht ihrer Sorge verzehnfachte. Gaston, so gab ihr diese Sorge ein, war zu seinem Eisenhammer gegangen; er hatte die Leute, die er dort beschäftigte, eine Schaar starker und wüster verwilderter Menschen, die meist aus dem Wallonenlande daheim waren, zusammengerufen, sie mit der Arbeit innehalten lassen und ihnen geboten, ihm nach der Ferme des Auges zu folgen, um diese zu umstellen und den deutschen Officier, der darin übernachtete, aufzuheben! War es so, oder war es nur eine thörichte Ausgeburt ihrer Sorge, ihrer mit dem jungen Deutschen beschäftigten Phantasie? Wer konnte es ihr sagen…wie konnte sie sich Licht darüber verschaffen…was konnte sie thun? – Wenn nur nicht Miß Ellen dem Gaste das untere Zimmer angewiesen hätte! Es stimmte so beunruhigend zu ihrem Argwohn; es war so viel leichter, ihn, ohne das ganze Haus in Alarm zu setzen, aus diesem nach hinten hinaus zu ebener Erde liegenden Gemache zu holen und fortzuschleppen!

Valentine stand und sann und starrte nach der Gegend des Horizonts, wo die Feuer brennen mußten, ob sie nicht wieder aufleuchten würden. Aber der Horizont wurde nur dunkler und dunkler. Ihr Herz klopfte hörbar. Sollte sie auf einen solchen bloßen Verdacht hin gehen und Max warnen? Was sollte sie ihm sagen, was vorbringen, daß er ihre böse Ahnung, ihre Sorge nicht für die Einbildungen eines jungen Mädchens halte, aus denen er am Ende gar Schlüsse ziehen würde, die sie ihn nicht ziehen lassen wollte – um keinen Preis! Sie konnte sich ja irren – und dann, wie durfte sie Gaston so bloßstellen, einem Fremden gegenüber verrathen, daß sie ihn eines solchen bösen Planes für fähig halte – ja, sie *mußte* sich irren, denn unmöglich konnte Gaston vorhaben, durch einen solchen Handstreich ihren Vater, das ganze Haus zu compromittiren ...

Valentine athmete auf, als sie diesem Gedankengange zu folgen begann – plötzlich aber stockte ihr Athem wieder. Sie vernahm ein Geräusch ... bewegte sich nicht eine Thür in ihrer Nähe, leise und fast unhörbar? Die Angst hatte Valentinens Sinne geschärft; sie hörte eine Thür gehen und einen leisen Schritt auf dem Corridor obendrein.

Es mußte die Thür zu Miß Ellen's Zimmer sein.

Valentine wandte sich, ergriff ihren Leuchter und setzte ihn ebenso rasch wieder nieder. Es war besser ungesehen zu beobachten, was Miß Ellen antrieb, ihr Schlafzimmer zu verlassen und heimlich den Corridor hinabzugehen. Valentine öffnete daher ihre Thür ebenso vorsichtig und leise und spähte auf den Corridor hinaus. Sie sah Miß Ellen, mit einem Lichte in der Hand, noch völlig angekleidet, an der nach unten führenden Treppe angekommen, schon halb auf dieser verschwunden. Valentine schlich ihr nach; sie betrat, als Miß Ellen unten angekommen war, die oberste Stufe der Treppe und schritt unhörbar auf dem weichen darüber liegenden Teppich hinab. Unten vom Flur aus sah sie durch die halb offen gelassene Thür des Eßzimmers bis in den Salon hinein, den Miß Ellen jetzt mit ihrem Lichte nothdürftig erhellte. Leise trat Valentine in das Eßzimmer; mit dem Arme sich an der Einfassung der Thür haltend, folgte sie mit den Augen allen Bewegungen Ellen's; weiter voranzuschreiten in das Dunkel, das sie umgab, wagte sie nicht, in der Furcht, an einen Tisch oder ein Möbel zu stoßen und so sich zu verrathen; auch bedurfte es dessen nicht – sie sah genug!

Sie sah, wie Miß Ellen quer durch den Salon schritt nach der auf die Terrasse führenden Glasthür zu, diese, die wie immer Abends von Herrn d'Avelon selber vor dem Zubettgehen mit Läden geschützt, abgeschlossen und verriegelt war, wieder aufriegelte und aufschloß, leise ein wenig öffnete, so daß sie angelehnt stand, und dann zurückkam, denselben Weg, den sie gegangen. Valentine flüchtete sich in den Flur zurück; sie schlüpfte hinter den großen dort stehenden Wäscheschrank; von diesem Versteck aus sah sie nach wenig Augenblicken Miß Ellen quer durch den Flur, leise und behutsam auf dem Teppichstreifen in der Mitte auftretend, wieder der Treppe zugehen und auf dieser mit ihrem Lichte oben verschwinden.

Valentine drückte ihre beiden Hände auf ihr fieberhaft klopfendes Herz, erhob sie dann und drückte sie wie mit einer krampfhaften Gewalt an ihre beiden Schläfen; ein Schrei der Angst und der zornigsten Entrüstung schien sich von ihren Lippen losringen zu wollen und gewaltsam unterdrückt zu werden mit dem stürmischen Wogen ihres Busens ... einen Schritt trat sie dann vor, richtete das Haupt auf, wie nach oben horchend – und dann nahm sie, ohne sich weiter zu besinnen, denselben Weg, den eben Miß Ellen gegangen, durch das Eßzimmer, den Salon, zu der Terrassenthür; diese öffnete sie geräuschlos so weit, um hinausschlüpfen zu können, eilte über die Terrasse, um die Ecke des Gebäudes herum, über den Hof, um die zweite Ecke – dann blieb sie an dem dieser Ecke zunächst liegenden Fenster stehen.

Da der Hof, nach rückwärts hin sanft aufsteigend, höher lag als die Terrasse vor dem Hause, stand sie völlig hoch genug hier, um leise an das Fenster klopfen zu können ... ein Mal, zwei Mal, stärker zum dritten Male.

Sie hörte Schritte im Innern des Zimmers – dann das Aufschlagen der im Innern angebrachten sichernden Läden – endlich öffnete sich ein wenig der eine Fensterflügel, und der in der Dunkelheit nicht zu erkennende Kopf eines Mannes blickte heraus.

»Ich habe Ihnen etwas mitzutheilen,« stieß Valentine kaum hörbar, kaum verständlich heraus. »Werfen Sie sich augenblicklich in Ihre Kleider – Sie müssen fort – eine große Gefahr bedroht Sie – man will in die Ferme einbrechen, man will ...«

»Bei Gott, Sie sind es, Valentine!... Sie? eine Gefahr?... und Sie kommen, um mich zu warnen, um mich zu ...«

»Sprechen Sie leiser, um Gottes willen, leiser, oder besser, sprechen Sie gar nicht, eilen Sie, sich zu kleiden, springen Sie zu diesem Fenster heraus...dann führ’ ich Sie – aber eilen Sie, ehe es zu spät ist!«

»Aber welche Gefahr kann es sein?« ...

Valentine hob wie bittend beide Hände auf.

»Glauben Sie mir doch nur, daß Ihr Leben vielleicht an einer Minute hängt!« rief sie fast wie zornig aufwallend aus.

Max verschwand im Innern des Zimmers. Einige Minuten vergingen – dann öffnete sich der Fensterflügel ganz; Max streckte den Arm mit seinem Degen heraus, um diesen unten an die Mauer zu stellen; gleich darauf erschien seine Gestalt, auf die Brüstung des Fensters tretend; einen Augenblick später stand er unten im Hofe und steckte seinen Degen ein.

»Folgen Sie mir!« sagte sie mit einem Tone, der halb zitternd, halb gebieterisch klang, und wandte sich, um den Hof zu verlassen.

»Sie wollen mich führen – durch diesen Regen, diese kalte Nacht, und haben nicht einmal ein Tuch, nicht den geringsten Schutz!« rief Max aus.

»Die Kälte wird mir nicht schaden,« versetzte Valentine voraufschreitend, »ich spüre sie nicht, und der Regen hat aufgehört.«

»Und wozu,« fuhr Max, an ihrer Seite jetzt dem gen Void hinausführenden Hofthore zueilend, fort, »wozu diese seltsame Flucht – so reden Sie doch, welche Gefahr fürchten Sie denn für mich?«

»Ist es Ihnen nicht genug, wenn ich Sie versichere, daß die dringendste Gefahr für Sie da ist, daß...mein Gott, ist es denn schon zu spät?« unterbrach sie sich, plötzlich stehen bleibend, »sehen Sie dort, dort hinaus!«

Sie wies durch das jetzt unmittelbar vor ihnen weit offen stehende Hofthor, von dem ein Weg abwärts sich über einen Flurrücken der Chaussee nach Void zuschlängelte – der Weg für das Ackergefähr, das den von der vordern Terrasse durch den Garten und die Allee führenden herrschaftlichen Weg nicht benutzen durfte.

»Sehen Sie nicht Licht da unten?«

»Ich sehe allerdings ein Licht sich dort in der Ferne bewegen – es muß eine Laterne sein!«

»Man wird den Weg nach Void schon besetzt haben, er wird Ihnen abgeschnitten sein – vielleicht ist unser Haus rings umher schon umstellt – mein Gott, was beginnen?« flüsterte das junge Mädchen. »Es bleibt nur Eines – kommen Sie hierher, hierher!«

Und in furchtbarster Erregung wandte sich Valentine und nahm mehr laufend als schreitend die entgegengesetzte Richtung, dem andern Hofthore zu, dem, durch welches am Nachmittag Max mit Gaston geschritten war.

»Aber ist denn ein ganzes Detachement wider mich im Anmarsch?« fragte Max, der fast Mühe hatte, an ihrer Seite zu bleiben.

»Ein ganzes Detachement – ja, vielleicht ist es so, vielleicht eine ganze Schaar!«

»Franctireurs?«

»Was kommt auf den Namen an?« fiel Valentine eifrig ein. »Hören Sie nichts?«

Sie waren zwischen den Hecken, die draußen den leise aufsteigenden Weg begrenzten, angekommen, und Valentine blieb hier lauschend stehen.

»Ich bilde mir ein, ganz in der Ferne vor uns Schritte zu hören – aber die feuchte schwere Last erstickt jedes Geräusch und macht es schwer, etwas zu unterscheiden...ich täusche mich vielleicht ...«

»O nein, nein, kommen Sie hierher!«

Valentine schlüpfte durch einen kleinen Einschnitt in der Hecke, der sich links neben ihr befand, und eilte nun zwischen den Beeten eines Gartens, in den sie eingetreten, weiter. Am Ende des Gartens befand sich ein kleines hölzernes Gatterthor; sie öffnete dieses und ging weiter über eine mit kurzem Grase bewachsene Halde, über die ein für Maxens Augen nicht zu erkennender Fußweg lief, und dann weiter die Höhe hinauf, in das Gehölz hinein, das am Rande der Halde begann und den oberen Theil der Höhe bedeckte. Von rechts und links her schlugen der hastig Vorwärtseilenden die feuchten Zweige und Blätter entgegen. Valentine schien es so wenig zu achten, wie sie das feuchte Gras auf der Halde geachtet hatte. Ein eigenthümlich entschlossener Muth schien über das junge Mädchen gekommen; daß sie durch Nacht und Regen, durch den unwegsamen Wald, in welchem Max wenigstens sehr bald gar nicht mehr begriff, wie sie den Fußpfad noch erkannte, und in dem eine völlige Dunkelheit herrschte; daß sie allein und unbeschützt mit dem fremden Officier dahineilte, das Alles schien nicht einen Augenblick ihren elastischen Schritt zu hemmen; der Eine Gedanke, wie sie Max in Sicherheit bringe, schien alle andere Rücksicht in ihr aufgezehrt zu haben; mit einer wie leidenschaftlichen Hast eilte sie weiter, bis sie endlich die Höhe des Berges erreicht hatte und auf einer kleinen Lichtung hochaufathmend stehen blieb. Am Tage mußte sich hier eine weite Fernsicht bieten; man sah jetzt nur über das nächste Unterholz fort und zwischen dunklen Stämmen hindurch ganz ungewisse und unerkennbare Umrisse der Thalbildung, unterschied nur, wenn man die Lage kannte, da, wo die Ferme stand, etwas, das wie dunkle Linien von Dächern und Gebäuden aussah. Von Zeit zu Zeit blitzte der Lichtschein wieder auf, ganz in der Ferne jetzt; es war allerdings, wenn er von einer Laterne eines verspäteten Wanderers herrührte, auffallend, daß er stets an derselben Stelle blieb. Ebenso auffallend war, daß ein Hundegebell sich plötzlich vernehmen ließ, von links her, von der Gegend her, wo die Straße, die zwischen den Gartenhecken begann und der Valentine ursprünglich hatte folgen wollen, die Bergseite hinauf lief; hätte Valentine nicht den Weg durch die Gärten und dann weiter hinauf durch das Gehölz eingeschlagen, so mußte man jetzt ungefähr da sein, wo der Hund anschlug, und auf seinen Führer stoßen. Dieser Ton aber schien Valentine auf's Neue aufzuschrecken, sie wandte sich, um weiter zu eilen, über die kleine Lichtung fort und, jetzt bald bergabwärts schreitend, an der anderen Seite des Höhenrückens hinab.

»Ich bewundere Sie, wie genau Sie den Pfad durch dies Waldgestrüpp erkennen!« sagte Max, »meinen Augen entzieht er sich vollständig.«

»Ich kenne ihn, ich bin ihn ja als Kind schon so oft gegangen,« versetzte Valentine kaum hörbar, mit der Hand einen der nassen, sich vorstreckenden Zweige zurückbiegend, der gleich darauf gegen Maxens Brust schlug und seine Tropfen darüber schüttelte.

»Und wohin führt er, wohin führen Sie mich, Valentine? wollen Sie mir nicht endlich sagen, was eigentlich Ihre Aengstlichkeit hervorruft und weshalb Sie glauben, daß ein ganzes Corps gegen mich anrückt, weshalb Sie selbst diesen unglaublichen Weg machen und mich sich nachziehen? Verlangen Sie noch länger, daß ich Ihnen schweigend vertrauen soll?«

»Vertraue nicht ich Ihnen?« fragte Valentine.

»Ja, bei Gott, das thun Sie, und dies Vertrauen macht mich so glücklich, daß dahinter meine Sorge um die Gefahr, aus der Sie mich retten wollen, völlig zurücktritt...ich kann nicht einmal recht glauben an diese Gefahr, die sich nur in Gestalt eines Lichtschimmers, eines in der Ferne bellenden Hundes offenbart ...«

»Und doch, glauben Sie es mir, sind Sie in dringender Lebensgefahr; aber fragen Sie nicht, verlieren wir die Zeit nicht mit Reden; ich kann, ich mag Ihnen nicht mehr sagen, ohnehin sind wir dem Ziele nah, wohin ich Sie bringen will, dem sichern Asyl!«

Der Weg senkte sich jetzt plötzlich ziemlich steil abwärts; man mußte mit großer Behutsamkeit Stützpunkte für den Fuß suchen, wenn man nicht stürzen wollte, sich an den nächsten

Aesten und dem Strauchwerk halten; die Füße glitten sonst auf dem losen Felsgeschiebe unsicher abwärts. Doch war es nur eine kurze Strecke; dann erreichte man ebenen Grund, die Sohle einer scharf eingeschnittenen Schlucht. Max konnte die hoch und steil an der anderen Seite der Schlucht sich erhebende Bergwand wahrnehmen. Valentine wandte sich links, die Schlucht hinauf, über ebenen glatten Rasenboden; dann ging es über Steingeröll einige Schritte weit aufwärts, und jetzt sah Max, daß er in der Oeffnung einer düster aufgähnenden Höhle stand, einer Oeffnung, die so schmal war, wie eine alte Burg- oder Gefängnißthür, auch durch den fast spitzbogigen Schluß daran erinnerte.

»In diese Höhle sollen Sie sich retten.«

»Am Ende gar die Höhle der Jungfrau?«

»Es ist die Höhle der Jungfrau. Schreiten Sie muthig hinein. Nur nicht weiter als nöthig, das heißt nicht weiter als etwa hundert, hundertfünfzig Schritt, denn dort, ganz im Hintergrunde, beginnt der Abgrund mit dem Gewässer in der Tiefe ...«

»Und da hinein soll ich mich verkriechen?«

»Da hinein sollen Sie sich flüchten – Sie sind sicher da, denn Niemand wird Sie hier suchen. Zudem hat die Höhle eine feste, mit Eisen beschlagene Thür, die Sie mit einem inneren Riegel schließen können. Helfen Sie sich, so gut Sie können – wenn die Gefahr vorüber, komme ich oder sende Jemand Sie zu befreien – jetzt leben Sie wohl, seien Sie guten Muthes und Gott sei mit Ihnen. Je rascher ich wieder daheim bin, desto besser ist es. Adieu.«

Max ergriff ihre Hand. »Und in diesem Dunkel, in einem doppelten Dunkel wollen Sie mich zurücklassen, ohne daß ich eine Ahnung davon habe, was eigentlich Ihr Handeln bestimmt, Ihre Angst begründet, wie lange ich hier allein harren soll, wer der Feind ist, vor dem ich mich in diese schaurige Unterwelt verkrieche ...«

»O, werden Sie hier nicht Zeit haben, sich das selbst auszudenken?« antwortete sie, ihm ihre Hand entziehend – »wenn es nicht ein übermächtiger Feind wäre, würde ich Ihnen zumuthen, sich auf diese Art zu retten? Sie werden erlöst werden, sobald ich diesem Feinde, wenn er kommt, werde den Glauben beigebracht haben, daß Sie nach Void hinaus gegangen, und längst sicher bei den Ihren sind ... und nun,« fügte sie mit einem eigenthümlich bewegten Klange der Stimme hinzu, »nun adieu, adieu – halten Sie mich nicht – ich werde thun, was ich kann, Ihre Gefangenschaft abzukürzen – unterlassen Sie nicht, die Thür Ihres Zufluchtsortes zu schließen, wenn sie auch anfangs widersteht, weil sie lange nicht gebraucht ist – aber vermeiden Sie, Geräusch dabei zu machen – hüten Sie sich vor dem Abgrund – nochmals, Gott sei bei Ihnen!«

Valentine verschwand bei diesen Worten in der Dunkelheit, ehe Max antworten konnte. Er sah nur noch einen Augenblick lang den Umriß ihrer Gestalt die kleine Anhöhe unmittelbar vor dem Eingang der Höhle wieder hinabeilen, dann war sie auf dem Hintergrund der schwarzen Bergwand rechts verschwunden ... nur ein rascher Schritt, wie sie auf dem steilen Wege wieder emporklomm, war noch eine Weile zu vernehmen.

6.

Kaum eine Viertelstunde später war Valentine wieder auf dem Hofe der Ferme; Alles lag anscheinend in friedlichster Ruhe begraben, ganz wie damals als sie den Hof mit Max verlassen – sie zog das Fenster, das Max offen gelassen, wieder zu und ging leise über die Terrasse in den Salon zurück, dessen Glasthür noch angelehnt stand; sie schloß und verriegelte diese hinter sich und huschte dann durch die dunklen Zimmer, die Treppen hinauf, oben über den Corridor. Hier sah sie einen feinen Lichtstreifen unter der Thür zu Miß Ellen's Zimmer schimmern – Miß Ellen war also wach, hatte Licht und harrte der Dinge, die diese Nacht bringen sollte! Valentine glaubte etwas rauschen zu hören, wie wenn man ein Blatt in einem Buche umschlägt – konnte sie ruhig lesen in solch einer Stunde der Erwartung und Spannung? Vielleicht las sie – in ihrer englischen Bibel!

In ihrem Schlafzimmer angekommen, begann Valentine sich ihrer feuchten Kleider zu entledigen; nachdem sie die durchnäßten Schuhe mit Hausschuhen vertauscht, war sie eben damit fertig geworden einen Morgenrock überzuwerfen und gürtete ihn jetzt fest, als sie erschrocken inne hielt; sie vernahm ganz deutlich Stimmenwechsel draußen, nach der andern Seite des Hauses zu, also auf der vorderen Terrasse – dabei war ein Rütteln und Schütteln an einer Thür. Mit hochklopfendem Herzen nahm sie ihr Licht und im Begriff hinauszugehen horte sie Miß Ellen's Thür sich öffnen. Im nächsten Augenblick war sie draußen auf dem Corridor, Aug' in Aug' mit Miß Ellen, die auf ihrem Wege zur Treppe überrascht innehielt und bei ihrem Anblick heftig die Farbe wechselte.

»Sie, Valentine?!« rief sie aus, »… und gekleidet – was geht vor?«

»Dasselbe möchte ich Sie fragen – ich höre Stimmen draußen – man scheint in's Haus dringen zu wollen – kommen Sie, daß wir sehen, was es bedeutet, wenn Sie es nicht wissen!«

Sie schritt herzhaft voran, ihr Licht in der erhobenen Rechten – auch Miß Ellen trug ihr Licht.

Unten im Flure angekommen, hörten sie an der Hauptthür, die vom Hofe her hier hereinführte, ein Reißen und Rütteln am Schlosse – Miß Ellen wollte dahin eilen, wie um es zu öffnen, Valentine aber winkte ihr und flüsterte: »Kommen Sie zur Glasthür drüben, wir können dort durch die Scheiben sehen, wer Einlaß verlangt …«

Im Salon eilte Valentine ihr Licht hinzusetzen, den Laden von der Glasthür zurückzuschlagen und dann, das Gesicht dicht an die Scheiben gedrückt, in die Nacht hinauszuspähen. Sie sah mit einem leisen Aufschrei des Erschreckens unmittelbar in die sie anfunkelnden Augen Gaston's, der sein Gesicht eben an die andere Seite der Scheibe gedrückt hatte, um in's Innere zu spähen. Valentine fuhr zurück, wie von einer Natter gestochen. …

»Es ist Gaston!« rief neben ihr im selben Augenblicke Miß Ellen – »es sind Leute bei ihm – aber öffnen wir ihm …«

»Ja, öffnen Sie ihm,« athmete Valentine kaum hörbar – »es ist besser, als daß dieser Haufe dunkler Männer hinter ihm mit Gewalt einbricht, wie er vorzuhaben scheint.«

Miß Ellen öffnete die Salonthür – Gaston trat herein, ihm nach drängten sich vier oder fünf Männer in schmutzigen Blousen, ein paar mit Revolvern, die sie in der Hand trugen, bewaffnet, die anderen mit Stöcken; ihre geschwärzten Hände und Gesichter ließen sie auf den ersten Blick als Eisenarbeiter erkennen.

Gaston's erstes Wort war ein zorniger Ausruf:

»Was thun Sie hier, Valentine? Wer rief Sie? Miß Ellen, Sie hielten Ihr Wort nicht …«

»Mein Gott, Gaston – sind Sie Anführer einer Räuberbande geworden?« rief Valentine ihm entgegen. »Was bedeutet dies, wozu kommen Sie, was sollen diese Menschen hier?«

»Etwas, das Sie in aller Welt nicht angeht; gehen Sie, hinauf, Valentine, ich bitte Sie – es ist besser für Sie, gehen Sie hinauf!«

»Merkwürdiger Befehl! Ich soll gehen, während Sie hier von unserem Hause Besitz nehmen?«

»Ihr lautes Schelten wird nur Ihren Vater wecken und herbeirufen,« fuhr Gaston dazwischen, »und wir brauchen ihn so wenig wie Sie – es ist auch für ihn besser, wenn er diese Nacht ruhig verschläft.«

»Kommen Sie in der That, um uns auszuplündern?«

»Nein, um dem Vaterlande einen Dienst zu erweisen, um einen seiner Feinde unschädlich zu machen!«

»Also Sie kommen nicht als Räuber, sondern nur ... als Mörder ...«

»Valentine, ich bitte Sie, mäßigen Sie Ihre Ausdrücke! Sie sind in einer Aufregung, worin Sie nicht wissen, was Sie reden. Sie werden uns aber nicht hindern, zu thun, was unsere Pflicht gegen Frankreich gebietet.« ...

»Wollen Sie mit solchen Phrasen diese ehrlichen Männer zu einer abscheulichen Handlung verleiten?«

Gaston schob in aufwallendem Zorn Valentine zur Seite und schritt weiter in den Salon; Miß Ellen, die athemlos horchend hinter Valentine gestanden, eilte ihr auf einen der Tische niedergestelltes Licht zu nehmen, wie um sich zu flüchten – die Arbeiter, die, ohne viel auf die Verhandlung zwischen Gaston und Valentine zu achten, sich erst neugierig nach allen Seiten in dem Salon umgeschaut hatten, drängten sich, einzelne Ausrufe wechselnd, nach – die ganze Gruppe nahm den Weg durch das Eßzimmer und den Flur, wo Gaston jetzt rasch die eigentliche Hausthür aufschloß, und dann zu der Thür des Fremdenzimmers, in welchem Max untergebracht worden war. Gaston klopfte an dieselbe; er rüttelte am Schloß – es kam keine Antwort von innen; die Thür widerstand den Versuchen, sie zu öffnen; sie war von innen verriegelt und keine Hand kam, den Riegel fortzuziehen.

Valentine war dem eingedrungenen Haufen gefolgt – als Gaston jetzt flüsterte: »Wir werden uns zu helfen wissen,« und einem der Arbeiter Platz machte, der sich mit einem kurzen starken Stemmeisen, das er unter der Blouse hervorgezogen hatte, herandrängte, fiel sie ein:

»Sie können es leichter haben und es ist nicht nöthig das Schloß zu sprengen und uns die Thür zu verderben. Steigen Sie doch vom Hofe aus ein – das Fenster steht offen, die Läden ebenfalls ...«

»Das Fenster und die Läden stehen offen!« riefen jetzt mehrere der Leute, die eben durch die von Gaston geöffnete Hauptthür vom Hofe her in den Flur drängten.

»So laßt die auf dem Hofe hineinsteigen!« gab Gaston zur Antwort. »Oder,« fuhr er hastig sich zu Valentine wendend fort, »ist der Vogel ausgeflogen und danken wir es Ihnen, Valentine?«

Er wurde abwechselnd bleich und roth bis über die Stirn vor Zorn und Aerger bei diesen Worten.

»Sie danken es nur der Wachsamkeit und Vorsicht Dessen, den Sie suchen, Gaston – diese Art Leute, scheint es, lassen sich nicht überlisten von – Ihnen!«

Sie sprach das mit einer Bitterkeit und einem Sarkasmus, dem gegenüber Gaston Mühe hatte, sich zu beherrschen.

»Erbrechen Sie die Thür!« rief er mit einem Fluche dem Arbeiter neben ihm zu. »Wir wollen doch sehen, ob dies wahr ist.«

Der Mann setzte sein Brecheisen ein – aber es war kaum geschehen, als die Thür sich wie von selbst öffnete; sie wurde von innen aufgeschlossen, von den Leuten Gaston's, die schon vom Hofe her durch das offene Fenster gestiegen waren.

»Es ist Niemand d'rin – er ist entwischt – er ist zum Teufel, dieser schlaue Preuße – welcher Verrath!« schrieen die Leute durcheinander und zeigten sich in einer wüsten Aufregung, als ob sie nicht übel Lust hätten, sich an den Bewohnern der Ferme des Auges und an Allem, was sie um sich her sahen, mit ihren gewaltigen schwarzen Eisenhammerfäusten zu rächen. In der That begannen sie, wie unter dem Vorwande des Suchens, sich in beunruhigender Weise in die nächsten Räume zu verbreiten. Zum Glücke kamen vom Hofe her die durch den Lärm aufgeschreckten Dienstleute herbeigestürzt, und von oben, rasch und schwer die Treppe herab, kam jetzt eben auch Herr d'Avelon, der, auf dem Perron stehend bleibend, auf's Aeußerste überrascht die merkwürdige nächtliche Scene da unten anstarrte, diese dunklen, unheimlichen, in der spärlichen und doch grellen Beleuchtung doppelt dräuend und räuberhaft aussehenden Gestalten, die seine furchtlos ihnen Trotz bietende Tochter und die ängstlich sich an sie drängende Miß Ellen umringten – im nächsten Augenblicke erkannte er auch Gaston, kam die letzten Stufen herab, und sich hastig durch die den Flur füllende Schaar Bahn brechend, eilte er auf ihn zu:

»Gaston – zum Henker, was geht hier vor? was wollen diese Menschen hier? – es sind Ihre Arbeiter – was wollen Sie hier? – was überfallen Sie mitten in der Nacht mein Haus? – werden Sie mir Rede stehen oder nicht?«

Herr d'Avelon stand mit zornflammenden Gesicht vor ihm – an der Heftigkeit, womit sich jetzt Valentine an ihn schmiegte und, wie bei ihm Schutz suchend, seinen Arm umklammerte, verrieth sich, wie furchtbar die Aufregung war, in der sie sich inmitten dieses Tumults doch so muthig aufrecht erhalten und Gaston die Stirn geboten hatte – jetzt, wo ihr natürlicher Schützer neben ihr stand, schien ihre Kraft zusammenzubrechen.

»Mein Gott, machen Sie nicht solchen Lärm darüber, Herr d'Avelon,« versetzte Gaston, sich mit großer Selbstbeherrschung zur Kaltblütigkeit zwingend, »ich denke, es ist nicht so schwer zu errathen, was meine braven Arbeiter hier zu suchen kamen – es sind keine Räuber und Diebe, so daß Sie über ihre Anwesenheit hier so sehr zu erschrecken hätten – sie sind freilich ungeladen gekommen, aber sie werden auch friedlich wieder abziehen! Ich bitte Euch, in der That, meine Freunde, begebt Euch auf den Heimweg,« wandte er sich jetzt an seine rußige Gefolgschaft, »Ihr seht, wir sind zu spät gekommen, der Feind hat decampirt und wird sich längst in Sicherheit gebracht haben – die Verfolgung wird uns nichts nützen können in dieser häßlichen dunkeln Nacht; auch der große Hund, den Etienne mitgebracht hat, hilft uns da nichts. Die Gelegenheit ist verpaßt und so haben wir hier nichts weiter zu thun. – Geht jetzt, ich bitte Euch darum, stören wir Herrn d'Avelon und die Seinen nicht länger in ihrer Nachtruhe – geht und vergeßt nicht, Raoul und Gilou, die unten auf der Chaussee Wache stehen, abzulösen. Wir werden morgen von einer Entschädigung reden, die ich allen Arbeitern für den verfehlten Fang gewähren werde – wir werden sehen, wie viel Flaschen eines guten Getränks nöthig sind, Euch zu trösten – aber zieht ab, macht keinen Lärm und trollt Euch!«

Gaston's Reden hatten einen Erfolg, der auf eine ziemlich befriedigende Disciplin unter seinem schwarzen Corps schließen ließ. Sie schalten und wetterten laut genug, verdrossene Flüche und rohe Späße fehlten nicht, aber sie räumten, mit einer gewissen Lässigkeit zwar, doch am Ende sammt und sonders den Flur, um auf dem Hofe, da es keinen »Prussien« zu maltraitiren gab, eine kleine Rauferei mit den halb angekleidet zusammengelaufenen Knechten der Ferme anzustellen und dann lachend, schimpfend, singend abzuziehen.

Unterdeß hatte Herr d'Avelon längst Gaston in das nächste Zimmer, das Eßzimmer, wohin sich Miß Ellen schon vor einer Weile geflüchtet, gezogen. Er hatte vorher Valentine aus den zitternden Händen das Licht abgenommen und, es hier auf den Tisch stellend und sich selbst wie überwältigt von der ganzen Scene auf einen Stuhl niederlassend, rief er aus:

»Und nun, Gaston, werden Sie mir Rechenschaft geben über dies Alles?«

»Mein Gott,« antwortete Gaston, wie ein wenig erschöpft von all den Aufregungen des Tages sich ebenfalls setzend, »durchschauen Sie denn nicht die ganze Bedeutung dieser Scene, dieses Ueberfalles Ihres Hauses, der Sie leider so gründlich in Ihrer Nachtruhe stört? Sie haben den preußischen Officier über Nacht bei sich beherbergen wollen – das ist, Gott weiß wie, durch einen Ihrer Domestiken ohne Zweifel, einem meiner Eisenarbeiter kund geworden, er hat es den Cameraden auf dem Hammer erzählt, es hat unter ihnen eine patriotische Gährung hervorgerufen, sie haben sich bis zu dem Entschlusse erhitzt, wider die Ferme des Auges auszurücken, Ihr Haus zu umstellen und den Prussien herauszuholen – hätten sie ihn erwischt, wahrhaftig, ich glaube nicht, daß er lebendig diese Nacht überstanden hätte ...«

»Und Sie, Gaston de Ribeaupierre,« fiel hier empört Herr d'Avelon ein, »Sie konnten einen solchen schändlichen Anschlag wider einen Mann, der mit dem rückhaltlosesten Vertrauen sich in meinem Schutze, unter dem Schutze des Gastrechts, das selbst die Wilden ehren, sicher hielt, unterstützen, Ihre Räuberbande anführen, ihr mit der Kenntniß der Räumlichkeiten hier im Hause beistehen, Sie konnten …«

»Großer Gott,« unterbrach ihn achselzuckend Gaston, »wie rasch Sie im Verdammen sind, Herr d'Avelon! Ich hörte von dem Anschlag. Einer der Arbeiter, der mir mehr als die übrigen verpflichtet und ergeben ist, kam vom Hammer zu mir nach Givres gestürzt. Er meldete, daß man die Frischfeuer bereits ausgieße, da zu ihrer Bewachung Keiner von der Expedition zurückbleiben wolle. Er sagte mir ferner, daß schon mehrere ausgerückt, um die Straße nach Void zu besetzen und dem Feinde den Rückzug abzuschneiden, falls er aus der Ferme entkomme! Sollte ich da ruhig zu Hause bleiben und mich schlafen legen? Sollte ich die erhitzten unsinnigen Menschen sich selbst überlassen und mich nicht darum kümmern, was aus der Ferme des Auges, was aus Ihnen, aus Valentine, aus Miß Ellen werde bei solch einem Ueberfall mitten in der Nacht? Ich denke, Sie würden es sehr freundschaftlich von mir gehandelt genannt haben! Nein, ich zog vor, mich zu ihnen zu gesellen, und Alles zu thun, um sie zu mäßigen, zu lenken, im Zügel zu halten und sie von den äußersten Ausschreitungen zurückzuhalten. Das war meine Pflicht – wer weiß, wie es in diesem Augenblicke hier aussähe, wenn ich diese Pflicht nicht erfüllt hätte!«

Valentine sah im höchsten Grade überrascht, fast erschrocken Gaston an, während d'Avelon ausrief:

»Aber, zum Henker, haben Sie denn über das Gesindel, das doch in Ihren Diensten steht, das Sie erhalten und ernähren, nicht so viel Autorität und Gewalt, um es von solchen Infamien abzuhalten?«

»Nein!« versetzte Gaston lakonisch.

»Nun, dann können wir Alle dem Himmel danken, daß dieser Herr Daveland noch zu rechter Zeit Unrath gemerkt zu haben scheint und auf und davon gegangen ist. Hätten Ihre Burschen ihren Vorsatz ausführen können, so wäre ich als Hausherr in einer überaus angenehmen und beruhigenden Lage den Herren Preußen in Void gegenüber gewesen, ich hätte mich nur sofort auf die Flucht begeben können!«

»Allerdings,« erwiderte Gaston kühl. »Aber der Himmel hat wenig Verdienst dabei, daß es anders gekommen; er ist es nicht gewesen, der den Preußen gewarnt hat,« setzte er bitter hinzu.

»Und wer ist es denn, was wollen Sie mit diesen Worten, die wie ein Vorwurf lauten, sagen, Gaston?«

»Ich mache Niemandem einen Vorwurf; ich will nur sagen, daß, wenn dabei Jemand Dank verdient, es Valentine ist!«

»Ich bin es allerdings,« sagte Valentine, »*darin* spricht Herr von Ribeaupierre die Wahrheit, die ihn warnte und früh genug dafür sorgte, daß der Fremde trotz der Umstellung unseres Hauses und der so klug besetzten Wege nach Void zu den Seinen entkam.«

»Aber,« rief d'Avelon aus, »wie um's Himmels willen ahntest Du denn …«

»Sogar, daß der Weg nach Void besetzt war?« rief Gaston erstaunt dazwischen.

»Ich hatte einmal an diesem Abende meine Ahnungen,« antwortete Valentine trocken.

Gaston betrachtete sie scharf und lange, dann sagte er:

»Sie haben ihn selbst fortgeführt und ihm die Wege gezeigt; ich sehe, daß Ihr Haar ganz feucht ist! Sie sind lange im Regen gegangen!«

»Möglich!« antwortete Valentine verächtlich.

Gaston richtete seine scharfen Augen von ihr auf Miß Ellen, die allem Vorgehenden nur mit dem Ausdruck der Verwunderung zuschaute und zuhörte, in welchem ihre Miene förmlich erstarrt zu sein schien.

»Dies Alles ist wunderbar, höchst wunderbar!« rief d'Avelon aus, Valentine ebenfalls sehr fest und betroffen anschauend. »Deine Ahnungen konnten Dir doch nicht gesagt haben, daß unseren Gast irgend eine Gefahr bedrohe?«

»Doch, mein Vater, der beste Beweis ist, daß ich ihn frühzeitig genug gewarnt habe.«

»Und daß Sie mit ihm durch Nacht und Regen hinausgegangen sind, allein, mit dem deutschen Officier, dem Feinde Ihres Vaterlandes!« fiel Gaston ein.

»Ich bitte, lassen Sie das Vaterland in Ruhe, Herr Gaston von Ribeaupierre, es hat, glaub’ ich, mit dieser Angelegenheit sehr wenig zu schaffen. Und was sonst mein Betragen angeht, so verbitte ich mir Ihre Kritik darüber; ich spreche Ihnen von heute an alles und jedes etwaige Recht, das Sie glauben könnten zu haben, ab, sich über mein Betragen zu beklagen, sich irgend damit zu beschäftigen.«

»Ah, das ist sehr deutlich geredet!«

»Es freut mich, daß Sie es verstehen!«

»Ich weiß nicht, ob Ihr Vater...«

»Mein Vater wird nie etwas versuchen, was er nicht durchzuführen vermag, nie versuchen, das Gefühl zu ändern, das mir meinen Entschluß dictirt. Er ist unwiderruflich.«

»Gott steh’ uns bei! Nun ist das Schlimmste bei der schrecklichen Geschichte noch, daß sie mit einem Zerwürfniß zwischen Euch Beiden endet,« rief Herr d’Avelon dazwischen, »Gaston, ich wollte, der Teufel hätte Sie geholt, ehe Sie auf den Einfall kamen, Ihre Bande von schwarzen Hallunken hierher zu führen! Aber es ist wahrhaftig nicht die Zeit, die ganze Sache zu ergründen und in Streit darüber zu geraten; kommen Sie, Gaston, ich lasse Sie hinaus, wenn Sie heimkehren wollen und nicht vorziehen, den Rest der Nacht hier zuzubringen...«

»Ich ziehe vor, heimzukehren...«

»Nun wohl, so kommen Sie, ich schließe die Thür; dann suchen wir uns durch die Fortsetzung des unterbrochenen Schlafs die erhitzten Gemüther zu beruhigen.«

Herr d’Avelon erhob sich und entließ Gaston mit einem ziemlich trockenen »Gute Nacht«. Es war in diesem Augenblick sehr wenig von Schlafbedürfniß in ihm, er hätte auch Lust genug gehabt, das ganze Ereigniß noch gründlicher mit Gaston zu erörtern, aber mehr war ihm daran gelegen, Gaston und Valentine in ihrer erhitzten Stimmung nicht länger einander gegenüber zu lassen.

Während er mit Gaston hinausgegangen war und die Hausthür abschloß, sagte rasch Ellen, mit einem eigenthümlich scharfen und drohenden Seitenblick auf Valentine:

»Werden Sie jetzt auch den Krieg mit mir wie eben mit Gaston beginnen? Thun Sie das nicht, ich möchte nicht so discret sein, um, was ich that, zu rechtfertigen, wie er es eben war, und das Ende würde sein, daß Sie sehr bereuen würden, was Sie gethan haben. Also rufen Sie keine Erklärungen hervor – ich warne Sie; und hüten Sie sich, mich zu einer Vertheidigung vor Ihrem Vater zu zwingen – Sie würden dafür eine Strafe erhalten, die Ihnen blutige Thränen auspressen würde!«

Nach diesen mit einer ganz schneidenden Betonung gesprochenen Worten verließ auch Miß Ellen mit ihrem gewöhnlichen unhörbaren weichen und energielosen Schritt den Raum.

Valentine sah ihr betroffen nach: welches Räthsel, welche Drehung lag in diesen seltsamen Worten? – was war es, das Ellen, statt tief beschämt und gedemüthigt, so gebieterisch warnend reden ließ? Gab es für sie, für Gaston denn eine Rechtfertigung ihres zum guten Glück von Valentine früh genug durchschauten tückischen Anschlags? Die Frage war peinigend und schwer, Ellen’s Drohung war beängstigend genug; dazu kam die Sorge um die Befreiung des auf Valentine harrenden Flüchtlings; aber alles Das war dennoch nicht im Stande, ein stolzes Gefühl von Befriedigung, von innerem Glück in der Brust des jungen Mädchens zu ersticken – ihr Herz schlug mächtig und hoch auf unter diesem Gefühl der eben errungenen Freiheit, der gebrochenen Fesseln.

So eilte sie festen elastischen Schritts ebenfalls in ihr Schlafgemach hinauf, um hier das erste Aufdämmern des Morgens zu erwarten – sie wollte dann möglichst unbemerkt das Haus verlassen, um Max aus seinem Zufluchtsort zu befreien.

7.

Valentine hatte sich in ihren Kleidern auf ihr Lager gelegt, um so den Morgen herankommen zu lassen; trotz der Erregung und alles innern Sturmes in ihr schloß doch endlich der Schlummer ihre ermüdeten Augen; als sie erwachte, nahm sie am westlichen Himmel, der in ihr Fenster hereinblickte, den Reflex der Morgenröthe wahr – an der andern Seite des Hauses über dem Maasthal mußte eben die Sonne mit ihren ersten Strahlen sich ankündigen. Valentine fuhr empor; sie rüstete sich rasch zu ihrem Gange und trat unhörbar auf den Corridor hinaus. Hier hielt sie eine Weile an – mußte sie denn gehen, selbst gehen? – konnte sie nicht ihren Vater wecken und ihn bitten, statt ihrer den Gang zu machen? – war es nicht schicklicher und besser, wenn sie es that? Aber durfte sie noch einmal ihn in der ohnehin schon so heftig gestörten Nachtruhe unterbrechen und, was noch mehr, ihm die Aufgabe zuschieben, bei dem deutschen Officier, den er für die Nacht eingeladen, das, was geschehen, zu entschuldigen? Nein, es war eine zu demüthigende Situation für ihn; sie wollte ihm nicht zumuthen, nun auch noch das über sich zu nehmen – sie sagte sich, welches Herzeleid ihm diese Nacht, ihm ihre Erklärung gegen Gaston zugefügt haben, welchen Kummer sie ihm noch machen müsse, wenn er erführe, daß ihr Entschluß unwiderruflich sei, daß er alle Hoffnung auf eine Verbindung, die ihm so am Herzen lag, aufgeben müsse! – Er sollte jetzt ruhen dürfen, der arme Vater, und sie selbst wollte gehen! Valentine schritt voran; mit einem eigenthümlichen Gefühle von Spannung und Angst vor dem Zusammentreffen mit Max, vor Allem dem, was die nächste Stunde für sie enthalten werde, scheu, als ob sie eine Missethat begehe, entsetzt über sich selbst, daß sie ohne Rücksichten und Bedenken etwas thue, was sie noch vor einem Tage für völlig undenkbar gehalten hätte, erstaunt über ihre Kühnheit – und doch wieder fortgezogen, wie unwiderstehlich und von einer von ihr selbst unverstandenen Macht.

So schlüpfte sie zur Ferme hinaus und schlug draußen denselben Weg wieder ein, den sie in der Nacht mit Max genommen. Er war der kürzeste, und da ihn jetzt bereits die Dämmerung erhellte, so bot er keine Schwierigkeit mehr. Auch legte ihn Valentine rasch und ohne Aufenthalt zurück. Oben auf der Lichtung blieb sie einen Augenblick stehen, um aufzuathmen, und gefesselt von dem prachtvollen Schauspiele des glühenden Sonnenballs, der eben dicht über dem Kamme der Vogesenhöhen jenseits des Maasthals durch die mit Gold- und Purpurströmen übergossenen dichten und schweren Wolkenschichten brach; auf der Ferme des Auges leuchteten die Mansardenfenster wie in rothem Brande davon auf; jenseits der Einsattelung links färbten die Strahlen eine eben aufsteigende Rauchwolke mit leisem rosigem Schein … auf dem Hammerwerke mußte man eben wieder die nie ruhende Arbeit beginnen. Die Ferme aber lag noch im Schatten und im tiefsten Schlummer begraben, der Hof still und wie ausgestorben, nur aus den Stallungen tönte das Wiehern eines Pferdes; drüben im Flußthale begannen die Hähne zu krähen.

Valentine wandte sich und setzte ihre rasche Wanderung durch das feuchte Gehölz, an dessen Zweigen und Blättern die jetzt vom aufsteigenden Licht in Diamanten verwandelten Tropfen hingen, fort … wie kurz fand sie jetzt den Weg, der ihr in der Nacht so endlos geschienen … die Tropfen, die ihr auf Hut, Nacken und Schultern sprühten, waren wie ein Segen, den diese seltsame Morgenwelt, welche Valentine früher nie gesehen hatte, diese bei ihrem Erwachen all' ihre stille Größe entfaltende Natur über sie ausschüttete. Es wurde in ihr selbst still und ernst und feierlich; ihr Herz begann ruhiger zu schlagen, sie athmete freier. Die bange Scheu vor dem Zusammentreffen mit dem Deutschen wich von ihr, nur in einer gewissen Spannung noch legte sie den Rest des Weges zurück und stand bald am Fuße der Aufschüttung von Felsgerölle, über die es in das Innere der Höhle ging. Valentine sah, daß Max die Höhle nicht geschlossen hatte; die alte Thür, die einst im Innern des Eingangs angebracht war – ohne daß man mehr wußte, von wem und wozu – war vielleicht nicht mehr zu bewegen gewesen. Valentine rief, am Fuße der Höhle stehen bleibend … erst leise, dann lauter. Niemand antwortete und Niemand erschien. Schlief ihr Schützling so fest, auf irgend eine harte Felsplatte ausgestreckt? hatte er sich so weit in's Innere vertieft? Valentine sah, daß sie schon selbst sich hineinwagen müsse, um ihm ihr Dasein kund zu thun. So stieg sie empor, trat durch die enge Oeffnung und dann, als sie einige Schritte hinein gemacht und die Höhle sich nun plötzlich erweiterte, zur Seite, um das Morgenlicht hereinzulassen, das durch ihre Gestalt ausgeschlossen wurde. Aber wie sie auch ihre Augen anstrengte, sie nahm Niemand wahr, und ihrem lauten ängstlichen Rufe wurde keine Antwort. Erregt ging sie weiter, so weit endlich, wie sie gehen durfte, um nicht in die vom völligen Dunkel verhüllte Gegend zu gerathen, wo der Abgrund begann – und dann kehrte sie zurück, zum Eingange, zum Lichte.

Betroffen blickte sie hier über die unter ihr sich hinabziehende schmale Schlucht fort, dem selten betretenen Fußpfad nach, der sich auf dem Grunde derselben hinabzog, den Windungen eines Baches folgend, welcher etwa hundert Schritte unterhalb des Höhlenganges aus dem Felsgestein brach, hell und wasserreich, wahrscheinlich ein Abfluß des unterirdischen Gewässers im Hintergrunde der Höhle. Rechts und links hoben sich schweigend die Bergwände so steilrecht, als hätten sie einst zusammengehört und aufeinander gelegen und sich nur in Folge eines Haders und Streits so trotzig in den Rücken geworfen, die düsteren Gesellen. Ein Falke schoß eben darüber fort, mit harschem Schrei – ein menschliches Wesen aber war nirgends zu sehen.

Es war seltsam! Valentine hatte Max hinlänglich gewarnt, sich nicht zu weit in die Höhle zu wagen – daß er darauf nicht geachtet, daß er in Folge seiner Unvorsichtigkeit ein grausiges, ein unaussprechlich schreckliches Ende gefunden – es war ja nicht anzunehmen, und Valentine wies den Gedanken daran tief aufathmend weit von sich ab! Nein, er mußte ungeduldig geworden und aufgebrochen sein, beim allerersten Dämmern des Morgens, um sich allein den Heimweg nach Void zu suchen. Auch das war unvorsichtig, entsetzlich unvorsichtig von ihm! Wie konnte er allein den Weg finden aus diesem einsamen, in den Bergen so tief versteckten Winkel; wie konnte er, der Deutsche, hier in Feindesland das wagen, wo er nicht wußte, auf welche Menschen er stieß, er, allein und hülflos, ohne Führer und Steuer! Ein demüthigendes Gefühl, als ob etwas für sie persönlich Verletzendes in diesem Fortgehen liege – sie hatte ihm ja doch gesagt, daß sie wahrscheinlich selbst ihn zu führen kommen werde – trat hinzu, um Valentine über die Unvorsichtigkeit und den Leichtsinn des Deutschen fast zornig zu machen, trotz all' ihrer Unruhe!

Aber vielleicht hatte er in seiner Ungeduld sie früher erwartet und war, beunruhigt über das, was auf der Ferme vorgefallen sein konnte, fortgegangen, um sich nach dieser zu begeben: er konnte dem Fußwege durch die Schlucht gefolgt sein; dieser Weg führte mit einer Wendung um den Fuß der Bergwand rechts herum auf die Vicinalstraße von der Ferme nach Givres; Max hatte dann denselben Weg eingeschlagen, den ihn Valentine in der verflossenen Nacht ursprünglich führen wollte, bis sie räthlicher fand, den kürzeren, aber schwierigeren durch die Gärten und über die Höhe weg zu nehmen.

So mußte es sein – Valentine beruhigte sich mit diesem Gedanken und eilte nun auf demselben Wege über die Waldhöhe wieder heim. Als sie der Ferme des Auges nahe kam, sah sie nach allen Seiten spähend aus, ob sie von Max etwas entdeckte – ob am Gebäude der Ferme eine geöffnete Thür, ein zurückgeschlagener Laden nicht verrathe, daß man aus dem Schlaf geweckt sei – daß Jemand angekommen, den sie doch jetzt mit einem wahren Entzücken und innerem Jubel erblickt haben würde – so nagend war ihr auf dem einsamen und jetzt doch nur mit Anstrengung zurückgelegten Wege die Sorge um sein räthselhaftes Verschwinden wieder auf's Herz gefallen. Wenn sie Max nicht auf der Ferme des Auges schon angekommen fand, so war sie entschlossen, nichts zu scheuen, ihre innere Pein um den Deutschen offen zu gestehen und ihren Vater zu bewegen, daß er anspannen lasse, um mit ihr nach Void zu fahren und selbst zu sehen, ob er dort sicher und heil angekommen. Weshalb sollte sie auch Anstand nehmen darauf zu bestehen… sie hatte Gaston's Bemerkungen nicht mehr zu fürchten, und was Ellen anging – Ellen's Meinungen, Blicke und Urtheile waren ihr von heute an noch gleichgültiger, sie verachtete sie!

Als Valentine den Hof der Ferme betrat, fand sie auch die ersten Spuren der erwachenden Thätigkeit. Der Knecht, der die Pferde zu füttern hatte, ging eben über den Hof, den Stallungen zu. Valentine fragte ihn nach dem Deutschen; er hatte Niemand wahrgenommen. Des Fremden

Pferd stand noch ruhig im Stalle. – Sie ging um's Haus herum über die Terrasse in den Salon, dessen Thür sie offen gelassen; die Thür stand angelehnt, wie Valentine, als sie gegangen, sie gelassen hatte; die geschlossenen Fensterläden hielten noch jedes Licht aus dem Raume fern – es war nirgends ein Anzeichen da, daß der Verlorene zurückgekehrt sei – er mußte sich nach Void selbst zurückgefunden haben, es war nicht anders möglich!

Valentine öffnete die Fensterläden und dann ließ sie sich in einen der nächsten Fauteuils nieder; ermüdet von ihren Wanderungen, ihren Aufregungen, ihrer jetzt wieder nagenderen Sorge, legte sie eine Weile das bleich und übernächtig aussehende Haupt auf die Lehne zurück, und schloß die Augen wie im tiefen Bedürfniß nach Ruhe.

Sie hätte schlafen mögen, verträumen Alles, vergessen Alles, Alles – den Deutschen, die Schreckensscene der Nacht, die Existenz Gaston's, die eigene am liebsten – und doch vermochte sie nichts zu vergessen, es stand Alles, wenn sie die Augen schloß, nur desto lebendiger vor ihr – und die Angst ließ sie nach wenigen Minuten wieder in einer wie fieberhaften Erregung aufspringen.

Wenn er nun doch umgekommen – umgekommen auf die grausigste, unerhörteste Weise – umgekommen zum Theil durch ihre Schuld! O mein Gott, hätte sie doch dies Schreckensbild, dies fürchterlichste von allen nur vergessen, nur dies für immer weit von sich scheuchen können! Weshalb kehrte es jetzt gerade so hartnäckig, so ihr das Blut erstarren machend zurück?

Draußen auf der Terrasse in der frischen Luft war es vielleicht besser auszuhalten, war die Angst leichter zu bewältigen. Es ist etwas Quälendes, Entsetzliches um die zähe Hartnäckigkeit fürchterlicher Bilder, die unsere Phantasie einmal aus dem Schooße des Möglichen, des bloßen Vielleicht heraufbeschworen hat! Sie weichen nicht, und wenn der Verstand, die kühle Ueberlegung auch hundert Gründe haben, uns die Thorheit unserer Sorge vorzustellen, zu beweisen – die Phantasie ist stärker und hört nicht auf, das einmal geschaffene Schreckbild auszumalen, zu vergrößern, es lebendiger und bedrängender zu machen. Valentine war in einen Zustand gerathen – als sie auf die Terrasse hinauseilte, hätte sie ihr halbes Leben darum gegeben, wenn in diesem Augenblicke der deutsche Officier lebendig und gesund vor sie hingetreten wäre!…

Aber da war er ja auch – fern in der Mittelallee des Gartens – tauchte er nicht just ebenda unter den überhängenden Obstbaumzweigen auf? – ein Tschako, ein rother Kragen, ein Soldat in der Feindesuniform – und ein zweiter dann – Valentine erschaute von der Terrasse herab sie mit freudigem Erschrecken; dann fuhr ihr ein Stich durch's Herz: er war es nicht; es waren andere, zwei vorauf, denen noch vier folgten – es waren deutsche Soldaten in grauen Mänteln, die Gewehre übergeworfen; sie kamen den Mittelpfad durch den Garten herauf; schweren lässigen Schrittes kamen sie heran und die Stufen herauf, die aus dem Garten auf die Terrasse führten, und hier oben hielten sie an, setzten ihre klirrenden Kolben auf die Steinplatten, und der Eine von denen, die voraus geschritten, trat auf das junge Mädchen zu, das hochklopfenden Herzens neben dem runden Tisch, an dem Max sie zuerst gefunden, stehen geblieben war, die Hand, wie um eine Stütze zu haben, auf die Rücklehne eines der gußeisernen Stühle gelegt.

Der feindliche Krieger unter dem Landwehrtschako, der auf sie zutrat, hatte in seinem Aeußeren nichts sehr Fürchterliches. Im Gegentheil, er hatte ein äußerst gutmüthiges Gesicht, gefürchtet hätten sich höchstens Kinder vor seinem halb blonden, halb fuchsigen und gar zu struppigen Bart – auch war eine gewisse blöde Verlegenheit nicht zu übersehen, als er, die Finger an den Schirm legend, all sein Französisch zusammennahm und sagte:

»Verzeihung, Mademoiselle! Wir stören ein wenig früh. Aber der Dienst – der Befehl! Streifpatrouille… der Hauptmann hat uns befohlen, bis hierher nach der Ferme des Auges – wir sind doch hier recht? – zu patrouilliren – und den Premierlieutenant von Daveland heimzubegleiten. Würden Sie wohl die Güte haben, uns sein Quartier zu zeigen, oder auch nur ihn wecken zu lassen? Wir warten hier schon unterdeß; der Hauptmann hat befohlen, der Herr Lieutenant selber solle uns zurückführen, wir müssen Sie deshalb schon bitten, Mademoiselle…«

Obwohl das Alles ziemlich ungefüge herauskam und in einem grausam breit und falsch accentuirten Französisch, leuchtete doch dabei das Gesicht des ehrlichen Landwehrofficiers, der es sprach, von einem schlauen und schelmischen Mienenspiel auf, welches errathen ließ, daß er völlig in die Absicht des Hauptmanns von Sontheim eingeweiht war, dem eigenmächtig sich Urlaub nehmenden Premierlieutenant unter dem Vorwande, für seine Sicherheit zu sorgen, einen kleinen Streich zu spielen, und ihn mit Gewalt so früh schon seinem süßen Schlummer in den Gärten seiner Armida zu entreißen.

Valentine verstand nur halb, was der Mann sprach, doch genug, um ihre Sorge um's Hundertfache zu vergrößern.

Hochaufathmend, nach Luft ringend, stieß sie die Worte hervor:

»Der Lieutenant ist nicht in Void? Nicht zurück? Er ist Ihnen nicht begegnet?«

»Zurück? Nein! Wir haben beim Ausmarsch am Fensterladen vor seinem Quartier angeklopft. Er war nicht zurück. Er ist uns auch nicht begegnet, Mademoiselle; ist er denn schon aufgebrochen von hier?«

»Warten Sie, ich will meinen Vater rufen,« rief athemlos Valentine und eilte in einem vollständigen Fieber der Aufregung in's Haus, in den Mansardenstock, in's Schlafzimmer ihres Vaters.

Herr d'Avelon fuhr bei Valentinens Mittheilung, bei ihrer Erzählung, daß sie Max in die Höhle der Jungfrau geführt, daß sie ihn dort eben nicht mehr gefunden, daß man gekommen, ihn abzuholen, erschrocken aus den Kissen, um sich in seine Kleider zu werfen und auf die Terrasse hinunter zu eilen. Es war ein Glück, daß er so geläufig deutsch sprach, denn die Sprachkenntnisse des Führers der Patrouille reichten nicht weiter als bis zum Verständniß der gewöhnlichen Ausdrücke, zur Bildung der einfachsten Sätze. Und hier handelte es sich um etwas sehr Ungewöhnliches, sehr Unerklärliches, etwas das ja d'Avelon selbst nicht begriff, und das dem Unterofficier von der Landwehr – er war daheim in seinem Vaterlande der geschäftsführende Associé einer achtbaren Thonwaarenfabrik, die aus einer unscheinbaren Topfbäckerei sich zur Herstellung von Kachelöfen, Vasen, Bauornamenten und dergleichen aufgeschwungen hatte – noch viel weniger begreiflich war. Herr d'Avelon hatte sich sofort dafür entschieden, daß man diesen preußischen Soldaten die ganze Wahrheit mittheilen müsse, daß es die Mißlichkeit seiner Lage nur steigern würde, wenn er nicht ganz offen Alles erzähle, wenn weitere Untersuchungen Umstände an den Tag brächten, die, von ihm verschwiegen, ihn nur verdächtiger machten. So berichtete er denn Alles, seinen Wunsch, Max Daveland über Nacht in der Ferme des Auges zu halten, die nur zu begründete Befürchtung seiner Tochter, daß die Arbeiter des Hammers von Rubrai – er verschwieg nur Gaston's Antheil an der Sache – sich durch diese Thatsache zu einem Ueberfall der Ferme verleiten lassen würden; ihren Entschluß, Max in eine sichere Zuflucht zu geleiten, den darauf folgenden Ueberfall der Arbeiter und endlich Valentinens vergeblichen Versuch, den sie just eben gemacht, ihn da wiederzufinden. Aber man könne ja ruhig sein, Herr Daveland werde, auf Um- und Irrwegen vielleicht, jetzt ohne Zweifel schon Void erreicht haben!

Der Landwehrmann machte bei dem Allen ein sehr ernstes Gesicht; er sah wie fragend seine Leute an und diese machten nicht weniger ernste Gesichter; eine lange Zeit hindurch antwortete er nicht, es machte ihm offenbar Mühe, sich klar darüber zu werden, was bei einem solchen seltsamen Falle zu thun sei und wie er der Verantwortlichkeit, die dabei auf ihn fallen könne, entgehe. Was diese Franzosen ihm da erzählten, konnte ja Alles richtig und wahr sein; die junge Dame mit ihrem bleichen Gesicht, dem Ausdruck der Angst in den gespannten Zügen, in den groß auf ihn sich richtenden Augen dachte wohl nicht daran, ihn zu belügen; der alte Herr aber hatte ein Mienenspiel, eine Physiognomie, der unser Landwehrmann durchaus nicht so unbedingt traute, und wenn er jetzt ihn hinter's Licht zu führen suchte, so konnte er ja auch sehr wohl die eigene Tochter bei der Sache hinter's Licht geführt haben! Die Ferme sollte in der Nacht überfallen sein – von Arbeitern aus der Nachbarschaft – wer hatte die Arbeiter herbeigeholt, wer ihnen einen Wink gegeben? Und kam es auch für den Augenblick darauf an? Der Officier, um den es sich handelte, war über Nacht in der Ferme gehalten worden und war in der Nacht verschwunden – unser Landwehrmann fand bald aus, daß er sich an diese Thatsache zu halten habe und daß das Uebrige die Herren Officiere angehe.

»Es thut mir leid, Herr,« sagte er deshalb endlich, »wir haben sehr strenge Ordres in solchen Fällen; es wäre gut für Sie, wenn der Herr Lieutenant von Daveland bald wieder aufgefunden würde, und ich will es hoffen, obwohl gar nicht zu denken ist, wo er geblieben sein kann in dieser frühen Stunde ... wenn ihn aber ein Unglück betroffen hat, so muß jedenfalls untersucht werden, wer daran schuld ist! Unterdeß muß ich die Herrschaften hier im Hause doch bitten uns nach Void zu begleiten, ich muß Sie dem Herrn Hauptmann vorführen, der die weitere Untersuchung anstellen wird ...«

»Das heißt, Sie arretiren uns!« rief d'Avelon heftig aus.

»Ich sage nur, daß ich Sie nach Void führen muß ... die Herren Officiere werden dort das Weitere beschließen.«

Valentine umklammerte wie im Gefühl völliger Hülflosigkeit den Oberarm ihres Vaters. Sie war einer Ohnmacht nahe.

Herr d'Avelon stieß einen Fluch aus und murmelte einige unverständliche Worte; besorgt umfaßte er Valentine und ließ sie auf den Stuhl niedergleiten.

»Fasse Dich, fasse Dich, mein Kind, dies Alles ist zwar schrecklich, aber es wird sich ja zeigen, daß wir an der Sache unschuldig sind. Dieser Herr Daveland wird wieder auftauchen, irgendwie und irgendwo und jedenfalls so, daß sich herausstellt, wir haben ihm kein Leids angethan! Sei stark, sei stark, Valentine, nimm Deinen Muth zusammen, und ... Herr,« wandte er sich jetzt, als er sah, daß seine beruhigenden Worte auf Valentine keine Wirkung übten, zornig an den Landwehrmann, wie in plötzlich überkochender Empörung, »wollen Sie meine Tochter in diesem Zustande nach Void schleppen?«

Der ehrliche Thonwaarenfabrikant stand, die beiden Hände um das obere Ende seines Gewehrlaufes geklammert, da und sah, theilnehmend und wieder unschlüssig geworden, auf die Gruppe nieder. Wenn ein Verbrechen in der Ferme begangen wurde, so war es wichtig, die Spuren desselben zu entdecken. Diese aber wurden sicherlich von den Zurückbleibenden entfernt und vertilgt, sobald er mit seiner Patrouille den Rücken wandte, um die Herrschaft von der Ferme nach Void zu führen. Er trat mit einem seiner Leute bei Seite und hatte eine kurze Zwiesprache mit ihm; dann wandte er sich wieder zu d'Avelon und sagte:

»Wenn Sie das vorziehen – es ist vielleicht ebenso gut und ich hoffe es vertreten zu können – so begeben Sie sich in eines Ihrer Zimmer im Hause – wir werden Sie da bewachen und ich werde zwei meiner Leute mit der Meldung dessen, was vorgefallen, zum Hauptmann zurückschicken ...«

D'Avelon nickte. »Freilich!« antwortete er. »Daß ich das vorziehe, brauche ich Ihnen nicht zu sagen. Komm, Valentine – wir wollen uns in den Salon begeben – während sie uns da bewachen, wirst Du Deine Fassung wieder erhalten – komm, ich werde Ellen rufen lassen ...«

Ellen erschien jetzt eben auf der Schwelle der Salonthür. Betroffen starrte sie auf das kleine feindliche Militärpiket, auf d'Avelon und Valentine.

Es war, als ob ihr Anblick Valentinen all ihre Kraft zurückgab. Aufspringend, um sich am Arme ihres Vaters in den Salon führen zu lassen, stieß sie zornig hervor: »Ellen trägt die größte Schuld an Allem, Allem. Sie hat mit Gaston den Plan geschmiedet, der diese Nacht ausgeführt werden sollte, sie hat ...«

»Valentine!« rief jetzt Ellen ihnen entgegeneilend aus – »wenn Sie nicht schweigen mit dieser abscheulichen Verleumdung, so –«

»Um Gotteswillen, ist dies der Augenblick zu einer solchen Scene?« fuhr d'Avelon zwischen die beiden sich zornig begegnenden Mädchen – – »Ellen, sehen Sie denn nicht, was hier vorgeht? Der Deutsche ist verschwunden, man fordert ihn von uns – man verhaftet uns, wir sind Gefangene, Ellen, wir Alle, auch Sie, vielleicht wird man uns todt schießen, wenn wir einen Verunglückten, in irgend einen Hinterhalt Gefallenen nicht wieder in's Leben zurückrufen können – kommen Sie hinein, hinein – wir wollen da reden, nicht hier!«

Die drei von diesem unerwarteten Schlage betroffenen Bewohner der Ferme traten in's Innere des Hauses. Der Führer der Streifpatrouille traf seine Anordnungen. Er stellte einen seiner Leute als Wache vor die Salonthür auf der Terrasse; einen zweiten vor die auf den Hof führende Haupthür des Hauses; und während er zwei Mann mit der Meldung nach Void zurücksandte, recognoscirte er selbst mit dem letzten der kleinen Truppe, die er führte, ein wenig die nächste Umgebung des Hauses. In den Ställen fand er das Pferd Daveland's und versuchte mit den

Leuten zu reden, die im Hause zusammengelaufen waren, um über die Ereignisse der Nacht und diese unheilkündende Besatzung der Ferme durch feindliche Soldaten in wirrem Durcheinander ihre Gedanken auszutauschen … mit einer von allen Lippen strömenden Beredsamkeit, die nur allsogleich erstarb, wo die Fremden in ihre Nähe kamen. Der ehrliche Landwehrmann erhielt nichts als ablehnende, verneinende, trotzige Antworten und noch trotzigere Blicke auf seine Fragen – nicht einmal das Verlangen, ihm das Schlafzimmer Daveland's in der vorigen Nacht zu zeigen, wurde erfüllt – die Knechte hatten nur ein je ne sais pas, moi! darauf, die Mägde schlichen sich, den zwei Deutschen den Rücken kehrend, fort, um gleich darauf am andern Ende des Hofes wieder die Köpfe zusammenzustecken.

»Hätten wir nur noch zwei Leute mehr bei uns,« sagte der geärgerte Töpferwaarenfabrikant zu seinem Begleiter,« so stellte ich an jedes Hofthor eine Wache und ließe auf jeden von diesem Gesindel, der sich davon machen wollte, schießen. Wie der Lieutenant von Daveland so leichtsinnig sein konnte, unter dieser Bande die Nacht zuzubringen, das begreife, wer's kann! Glaubst *Du* an diese Geschichte von einer Rotte Eisenarbeiter, die den Hof in der Nacht überfallen haben soll?«

»Nicht ein Wort!« versetzte der bärtige Kriegsmann an seiner Seite – »diese Völker hier sehen danach aus, solchen Succurs nöthig zu haben, wenn sie einen einzelnen hülflosen Deutschen kalt machen wollen!«

»Ich begreife nur nicht, wie sie so thöricht sein konnten, zu glauben, es werde ihnen straflos hingehen!«

»Wer weiß, vielleicht haben sie nicht vermuthet, daß wir so früh aufständen und so zeitig hier sein würden. Wir wären's ja auch gewiß nicht gewesen, wenn nicht der Hauptmann uns hätte brauchen wollen, um den Herrn Lieutenant ein wenig zu ärgern, daß er so früh aus den Federn und mit uns heim solle! Vielleicht war der alte Herr drüben im Haus mit seinen zwei Frauenzimmern just im Begriff, anspannen zu lassen und sich auf die Reise in's Sichere zu begeben …«

»Und wir haben ihnen durch unser Einrücken schlimm das Concept verdorben … mag schon sein! Sie müssen hier zu Lande schon lernen, früher aufstehen, wenn sie uns über's Ohr hauen wollen!«

»Um die Eine, die wir zuerst antrafen, das Fräulein, thät's mir leid, wenn's ihnen an Hals und Kragen ginge,« fuhr der Unterofficier fort; »sie schien sich wirklich um den Lieutenant zu ängstigen, wahrhaftig, wenn sie log, so muß sie's besser verstehen, als ich's einem Christenmenschen zutraue! …«

»Meinst Du, daß, wenn der Lieutenant nicht bald wiederkommt, der Hauptmann sie todtschießen läßt?« erwiderte der Andere, sein Gewehr abnehmend und sich lässig mit dem Rücken an die eine Ecke des Hauses lehnend, welcher sie sich eben genähert hatten.

»Der Hauptmann? Ich weiß nicht, ob er das Recht hat,« versetzte der Unterofficier; »ich denke mir, er schickt sie nach Commercy, wo das Etappencommando – aber da sieh' einmal …«

Er deutete auf eine unferne Stelle des Bodens, die sich just unter dem Fenster befand, hinter welchem das Schlafzimmer Max Daveland's lag; der wohlgepflegte grüne Rasenstreifen, der hier auf der Hofseite an der Grundmauer des Hauses entlang lief, war völlig zertreten, so stark, als habe ein Kampf da stattgefunden; auf dem äußeren Schwellholz des Fensters lag Schmutz, die Spuren von Fußtritten waren unverkennbar.

»Das sieht verdächtig genug aus,« sagte der Landwehrmann, diese Beweise einer nächtlichen Katastrophe betrachtend …»nun scheint's doch, als ob eine ganze Bande hier eingedrungen sei und den Lieutenant herausgeholt habe; und daß das Fenster nicht zerschlagen ist …«

»Beweist, daß man's ihnen von innen geöffnet hat! Vielleicht ist der alte Herr drüben so gefällig gewesen, zu kommen und ihnen das Fenster zu öffnen, jedenfalls sind sie da eingestiegen und haben ihr Opfer herausgeholt, und das Getrappel auf dem Rasen ist entstanden, als er mit ihnen gerungen hat … mit diesen heillosen Schuften …«

»Na, es wird ihnen eingetränkt werden,« rief der Unterofficier ingrimmig aus, »wir werden wahrscheinlich, ehe vierundzwanzig Stunden vergangen sind, den Befehl haben, diese ganze vermaledeite Bude niederzubrennen!«

8.

Es mochte eine Stunde nach Mitternacht gewesen sein, als, wie wir sahen, Gaston de Ribeaupierre, von Herrn d'Avelon hinausgeleitet, die Ferme des Auges verlassen hatte. Er war in einer
schwer zu beschreibenden Stimmung in die dunkle Nacht hinausgeschritten, Groll und Wuth
im Herzen. Die Worte, welche ihm Valentine in's Gesicht geschleudert, hatten mehr seinen
Zorn erweckt, als sie Glauben an ihren unwiderruflichen Ernst bei ihm gefunden. Valentine
war sein, sein durch alle Rücksichten, die nur einen Ehebund in Frankreich zu Stande bringen
können, und daran konnte durch ein plötzliches heftiges Aufwallen eines jungen Mädchens
nichts geändert werden, darin konnte nur eine Aenderung durch diesen verwünschten jungen
Deutschen eintreten, wenn er mit seinen Ansprüchen auftrat und Valentine dessen beraubte,
was die erste Bedingung der Verbindung war, die Gaston de Ribeaupierre mit ihr eingehen
wollte. Und dieser verwünschte junge Deutsche, den er so rasch und gründlich hatte unschädlich machen wollen, war ihm entgangen! Gaston war seiner Sache so sicher und siegesgewiß
ausgerückt mit seinem Haufen, so sicher, daß Max Daveland heute noch als Gefangener den
Franctireurs in Neufchateau ausgeliefert, darauf von diesen nach dem Süden geschickt und da
irgendwo so untergebracht werden würde, daß er weder selbst jemals in die Heimath zurückge-
lange, noch auch Gelegenheit finde, seine Entdeckung den Seinigen mitzutheilen. Gaston hatte
sich die Mittel und Wege, Max für immer stumm zu machen schon überlegt … und jetzt war
ihm der Fang so entgangen, so schmählich durch Valentine selbst, die dabei nicht ahnte, was
sie that, entzogen: das war freilich genug, um darüber aus dem Gleichgewichte zu gerathen.

Es war um so schlimmer, als er ja Valentine nicht einmal dadurch strafen konnte, daß er ihr
die Motive seines mißlungenen Anschlags enthüllte und ihr zeigte, was sie eigentlich gethan.
Die Gefahr lag zu nahe, daß Valentine, wenn sie die That ihres Vaters und die Ansprüche des
deutschen Officiers erfuhr, in einer Wallung übermäßigen und thörichten Edelmuths auf ihr
ganzes Erbe verzichten würde – zu Gunsten dieses verhaßten Deutschen! Nein – Valentine durfte
nie ahnen, was Gaston eigentlich zum Handeln bestimmt hatte – es war gut, daß Gaston Miß
Ellen's, die er zur Vertrauten gemacht und zur Helfershelferin gewonnen, so sicher sein konnte –
sie, die sich als die künftige Gattin d'Avelon's betrachtete, hatte zu guten Grund, einen solchen
Edelmuth Valentinens zu fürchten, als daß sie gegen diese eine Indiscretion begehen konnte.
Gegen d'Avelon mochte sie es am Ende: wenn Miß Ellen für gut fand, durch Andeutungen
auf solch ein Geheimniß sich d'Avelon's noch stärker zu bemächtigen, als sie sich seiner schon
bemächtigt hatte, so war das für Gaston kein Gegenstand der Beschwerde; hatte er doch selbst
vorkommenden Falls, und wenn es später einmal zwischen ihm und d'Avelon zu Conflicten der
beiderseitigen Ansichten oder Interessen kommen würde, durchaus nicht vor, die Waffe, welche
ihm Max Daveland wider den alten Herrn ausgeliefert, ungenützt zu lassen!

Aber wohin war der unglückliche, von einer tückischen Schickung just hierher in's Land
geworfene Deutsche von Valentine nur geführt worden? Sie hatte verrathen, daß sie um die
Besetzung des Weges nach Void durch einige der Arbeiter gewußt. Dann hatte sie ihn also
nicht da hinaus führen können. Er hatte durchaus nicht daran denken können, mit Vermeidung
der gebahnten Straße querfeldein in der Richtung nach Void zu schreiten und es zu erreichen –
das wäre am Tage bei hellem Sonnenlicht möglich gewesen; in einer solchen völlig dunklen
und regenfeuchten Nacht war es unmöglich. Oder hatte er sich nach der andern Seite, südlich
und das Maasthal aufwärts, zu retten versucht? Auch das war undenkbar; er wäre da nur immer
weiter in eine ihm völlig fremde Gegend gerathen, in eine in der Nacht höchst mißliche Lage,
die nach Tagesanbruch dann nur noch mißlicher geworden wäre, wenn er, fern von den Seinigen,
sich da führerlos und allein tief im feindlichen Lande wiedergefunden hätte! Nein, es war viel
wahrscheinlicher, daß Valentine ihm einen Zufluchtsort gezeigt – einen Zufluchtsort, nicht in
der Ferme selbst, denn Gaston hatte ja ihr regenfeuchtes Haar bemerkt, sie war längere Zeit im
Freien gewesen; sie hatte am Ende – die Vermuthung lag zu nahe, als daß Gaston nicht hätte
darauf kommen sollen – ihn nach der Höhle der Jungfrau gebracht! Gaston hielt seinen Schritt
an, als dieser Gedanke in ihm aufstieg, schlug die Arme übereinander und sann nach. Was

beginnen, wenn dem so war? Sollte er eilen, der längst abgezogenen Arbeiter wieder habhaft zu werden, und sie zu einem neuen Versuche, ihr Vorhaben durchzuführen, versammeln ... oder erst selbst zur Höhle gehen, um sich zu überzeugen, daß seine Voraussetzung richtig – dann vielleicht den Deutschen überreden, ihn nach Givres zu begleiten, und dort ...?«

Sein grübelnder Gedankengang wurde durch das Geräusch von leichten raschen Schritten unterbrochen, die vor ihm auf der Höhe der Straße vernehmbar wurden ... die näher und endlich so nahe kamen, daß Gaston eine vor ihm aus dem Dunkel auftauchende Gestalt unterscheiden und zugleich auch wahrnehmen konnte, wie der Kommende jetzt ihn wahrnahm, und einen Augenblick den Schritt anhielt – dann sich wieder näherte – bis er abermals stehen bleibend in französischer Sprache ausrief:

»Wer ist da?«

»Ah – Sie sind es – Herr von Daveland!« rief höchst überrascht Gaston aus, sofort auf ihn zueilend. »Sie finde ich hier ... Sie kommen ... von der Höhle der Jungfrau her ...«

Gaston sprach die Worte langsam, wie tastend und unsicher – desto rascher fiel ihm Max in's Wort:

»Das wissen Sie?«

»Sicherlich weiß ich es, Valentine hat es mir gesagt,« rief Gaston, der jetzt im Augenblicke übersah, wie er dies Zusammentreffen zu benutzen habe, aus. »Valentine hat mich von Givres herüberrufen lassen, in großer Sorge um Sie, und nachdem ich diese Sorge beruhigt, habe ich den Auftrag von ihr erhalten. Sie aus Ihrer unerquicklichen Lage zu befreien und nach Givres zu führen, um dort den Rest der Nacht geschützter und bequemer zuzubringen.«

»In der That? Nun, Sie sehen, ich habe schon selbst jener unerquicklichen Lage, die obendrein begann, mir ein wenig lächerlich vorzukommen, ein Ende gemacht. Die dunkle feuchte Höhle schien mir doch ein gar zu schlechtes Bivouac, und so gerührt ich auch Fräulein Valentinens Sorge um mich anerkannte, zog ich doch vor, den Heimweg zu suchen, so gut es gehen wolle. Ich bin durch das Thal oder die Schlucht, in der ich mich befand, vorwärts geschritten; da ich die Richtung dieser Straße, auf der wir uns befinden, ungefähr kannte, wußte ich ja, daß ich sie erreichen müsse, und als ich sie eben etwa zehn Minuten weiter aufwärts in der That erreicht hatte, war meine Absicht, auf ihr bis zur Ferme zu gehen und dort zu recognosciren, ob ich mich wieder in den Besitz meines Pferdes setzen könne, um auf ihm nach Void zu entkommen oder sonst zu Fuße mich dahin durchzuschlagen. Es mag das schwierig sein, aber in einer so dunklen Nacht kann bei solch einem Rückzuge nichts Gefährliches sein; es ist ganz unmöglich, Jemanden wahrzunehmen, der sich verborgen halten will, und träfe ich auch auf ganze Bataillone Ihrer liebenswürdigen Franctireurs von Neufchateau, sie würden mich nicht fangen; ich würde in jedem nächsten Gebüsche einen Schutz finden, ein Versteck, gerade so gut wie diese romantische Höhle der Jungfrau von Arc!«

»Sie können in der That ganz ruhig sein, Herr von Daveland,« antwortete Gaston. »Es ist Niemand, der Ihre Sicherheit bedroht, und am wenigsten die Franctireurs von Neufchateau ... die ganze Hetze, die Ihren Schlaf gestört hat und nebenbei auch den meinigen, ist nichts als ein Hirngespinnst. Eine halbe Stunde von der Ferme des Auges liegt ein Eisenhammer, der etwa dreißig Arbeiter beschäftigt. Unglücklicher Weise hat Valentine, als Sie zur Ruhe gegangen waren, von einem ihrer Mädchen erfahren, daß einer der Knechte der Ferme noch spät am Abende sich zu diesem Hammer begeben – ihre mädchenhafte Phantasie hat darin ein Complot erblickt, die Absicht, die wüsten und rauflustigen Eisenarbeiter herbeizuholen, um Sie aufzuheben oder gar um's Leben zu bringen; sie hat einen Boten an mich abgeschickt, um mich als den Brodherrn jener Arbeiter zum Schutze da zu haben, und in ihrer Angst ist sie sogar so weit gegangen, Sie zur Flucht aufzufordern, und hat Sie in jener Höhle geborgen. Thorheit das Alles! Meine Arbeiter denken nicht daran, die Ferme des Auges wie Räuber zu überfallen, und liegen in ruhigem Schlafe; es ist mir bald gelungen, Valentinen ihre chimärischen Befürchtungen zu nehmen, und ein wenig beschämt hat sie mich eben entlassen mit dem Auftrage, Sie aus Ihrem romantischen ›Bivouac‹ zu befreien und mit mir nach Givres zu nehmen – es war das Herrn d'Avelon's Wunsch, der, sehr unwillig über die nächtliche Störung, Ruhe verlangte, hinter mir seine Thüren verriegelte und mich verantwortlich dafür machte, daß Sie in Givres ein ruhiges Nachtquartier bekämen. Wenn Sie jedoch darauf bestehen, will ich Sie wieder nach der Ferme bringen. Freilich habe ich, wie Sie begreifen, nicht große Lust dazu; ich müßte dann den Weg noch einmal da hinab und wieder hinauf machen und hätte noch einmal die Ferme aus der Nachtruhe zu stören; ich sehne mich nach der Ruhe, nach meinem guten Bett in Givres, und Sie werden dort ein ebenso hübsches Fremdenzimmer ganz bereit finden, Sie aufzunehmen. Außerdem haben Sie den Vorzug, dort sich in der Morgenfrühe über die uns Beiden am Herzen liegende Affaire mit meiner Mutter selber besprechen zu können. Es ist besser so; kommen Sie, wir haben bis Givres nur noch eine sehr geringe Strecke.«

Gaston begann bereits weiterzuschreiten; Max wandte sich und folgte ihm ein wenig unschlüssig... aber er konnte ja nicht wohl anders; er konnte nicht füglicher Weise in dieser Nachtstunde zur Ferme zurückkehren; sich, wie er beabsichtigt, den Weg nach Void weitersuchen, war in der Dunkelheit sehr wenig verlockend; was Gaston de Ribeaupierre vorschlug, war offenbar das Zweckmäßigste; und gewiß dann, wenn er überhaupt noch Werth legte auf die Prüfung jener Documente, und dieser hatte er keinen Vorwand, sich zu entziehen. So schritt er eine Weile schweigend neben Gaston her... auch Gaston schwieg; er fühlte eine diabolische Freude über die glückliche Wendung, welche er der Sache, die schon verloren schien, gegeben, und fürchtete, in seinen Worten, in seinem Tone diese Freude zu verrathen. Nur einzelne Worte wurden zwischen Beiden gewechselt; Gaston machte mit liebenswürdigster Sorge Max auf die besten Stellen des schmutzigen Weges aufmerksam; er versicherte von Zeit zu Zeit, wie nahe man bereits Givres gekommen. Und in der That, man sah es nach einer halben Stunde schon vor sich liegen – nur ein starker Höhenrücken trennte es von der Ferme, im Grunde des jenseitigen Thales lag es. Die Fahrstraße endete an einem großen Gartenthore, das die Nacht hindurch unverschlossen geblieben war; Gaston öffnete es vor Max und dieser glaubte an den Bäumen und Gesträuchen, zwischen denen er sich bald nachher befand, zu erkennen, daß er in einen englischen Park eingetreten – über weichen Kies ging es weiter, bis man jenseits einer Lichtung, die ein Rasengrund einzunehmen schien, die Mauern und Dächer eines stattlichen Gebäudes wahrnahm. – Es lag in völlige Dunkelheit begraben, nur aus einem der Fenster in der Mitte des Erdgeschosses glänzte Licht.

»Wir sind angekommen, dies ist Schloß Givres,« sagte Gaston, als man in der Nähe des Gebäudes war, und führte seinen Begleiter einem von zwei vorspringenden Flügeln gebildeten Hofe zu; Max sah erst jetzt, daß unmittelbar vor ihm eine niedrige Mauer mit hohen Eisengittern darauf den Hof vorn abschloß. Als diesen Beide betraten, hielt Gaston seine Schritte an, um das Gitterthor zu schließen und den Schlüssel abzuziehen – dann schritt er mit Max quer über den Hof auf die Treppe vor dem Erdgeschoß zu und öffnete vor ihm die Portalthür, durch die man in eine hübsch eingerichtete kleine Eingangshalle blickte, mit exotischen Gewächsen, mit Teppichen auf den Flursteinen und alten Bildern an den Wänden – eine brennende Lampe, die zur Seite auf einem Tische neben einigen Leuchtern stand, erhellte den Raum.

Max trat ein, Gaston schloß auch hier wieder sorglich die Thür und zog den Schlüssel ab – Max, der sich in dem Raume umschaute, beachtete es nicht, es war ja auch natürlich, daß der Hausherr von Schloß Givres für die Nacht seine Thüren sicherte. Dann nahm Gaston zwei der Leuchter, zündete die Lichte darauf an und bat Max, ihm weiter zu folgen – er trat in einen sich am Fuße der nach oben führenden Treppe nach linkshin öffnenden Gang und verfolgte ihn bis an's Ende, wo eine schmale Holztreppe in das obere Stockwerk führte. Oben angekommen, sah Max, daß er sich auf einem Vorplatz oder der Erweiterung eines langen, sich in das Gebäude hinziehenden Corridors befand, der ebenfalls, wie die Halle unten, mit Steinplatten belegt war, über die sich lange, den Schall von Tritten erstickende Teppichstreifen zogen. Gaston trat auf eine hohe und dunkelgebohnte Flügeltür zu, die sich in einer schmalen und quergestellten Mauer befand – die ganze innere Anordnung des Hauses schien noch viel Alterthümliches zu haben. Als Max in den Raum, den Gaston vor ihm öffnete, eintrat, nahm er wahr, welche Schwere diese Thürflügel, welche Stärke die Mauern des Edelsitzes hatten, der Gaston von Ribeaupierre gehörte oder einst gehören sollte.

Gaston stellte eines seiner Lichter auf einen runden Tisch in der Mitte des Raumes.

»Ich hoffe,« sagte er, »Sie werden ganz bequem hier von Ihren nächtlichen Wanderungen und dem Schrecken, den Ihnen Fräulein Valentine so unnützer Weise gemacht hat, ausruhen, und wünsche es Ihnen recht von Herzen. Hoffentlich finden Sie für alle Ihre Bedürfnisse gesorgt; wenn etwas fehlen sollte, irgend ein Comfort, an den die Herren aus Deutschland gewöhnt sind und den wir nicht kennen, so sprechen Sie; ich will sehen, ob ich ihn in so später Stunde noch herbeischaffen kann – das Wasser in der Karaffe dort wird nicht übermäßig frisch sein, fürcht' ich ...«

»Ich danke Ihnen, Herr von Ribeaupierre – ich danke für Alles; bemühen Sie sich ja nicht mehr – entziehen Sie sich der Ruhe nicht länger, nach der auch Sie sich sehnen werden – gute Nacht, gute Nacht!«

Gaston von Ribeaupierre machte eine kurze Verbeugung und ließ seinen Gast allein.

Dieser sah sich in dem Raume um, nahm das Licht vom Tische und ließ den Schein desselben über die Wände und die Ecken gleiten. Er sah ältere englische Kupferstiche an den Wänden, Möbel von einem ein wenig veralteten Geschmacke, eine Einrichtung, die ihn lebhaft an ein Fremdenzimmer in einem seiner heimathlichen Edelhöfe erinnerte und wenig vom modernen französischen Luxus hatte. Auch schien Alles hier in einem großartigeren und adligeren Stil zugeschnitten, als auf der kleineren wohnlicheren Ferme des Auges. Es fiel Max auf, daß das Gemach, obwohl es sehr geräumig war, nur die eine Thür in der quergestellten Wand hatte – es mußte wohl das Innere eines ausspringenden Pavillons oder Thurmes bilden; damit stimmte ja auch die Dicke der Mauer, die Max aufgefallen war, überein.

Das Himmelbett stand der Thür gegenüber – ermüdet wie er war, säumte unser deutscher Krieger nicht, es sich darin bequem zu machen. Als er das Licht gelöscht, legte er tief aufathmend den Kopf zurück, mit dem wohlthuenden Gefühl, daß ihn der Schlaf jetzt nicht mehr fliehen werde, wie er ihn geflohen hatte, als er sich zum ersten Male in dieser unruhvollen Nacht niedergelegt. In der That entschlief er sehr bald fest und tief.

Unterdeß hatte Gaston, als er von seinem Gaste gegangen war, leise den Schlüssel im Schlosse der Thür umgedreht, auch den schmalen Riegel unter demselben vorgeschoben; dann war er in den langen Gang hastig hineingeschritten, um doch am Ende desselben plötzlich stehen zu bleiben, die Hand wie unwillkürlich auf seinen Kinnbart zu legen und mit gefurchter Stirn starr den Boden anzuschauen. War an der Steinplatte, an dieser schwarzen Raute, vor der sein Fuß angehalten, etwas, das ihn so plötzlich hemmte, das ihn zurückschreckte, sie zu überschreiten? Sie war wie die andern schwarzen und weißen glänzenden Platten, die sein Fuß trat. Er sah sie ja auch nicht einmal; er sah nichts, was ihn hemmte; sein Entschluß stand fest; nur daß es zwei Wege gab, diesen Entschluß auszuführen, war es, was ihn stille stehen, was ihn grübeln und berechnen ließ. Der eine Weg führte von Schloß Givres links ab und war der bedeutend kürzere; er führte zu dem Eisenhammer, zu den kleinen Wohnungen der Arbeiter ringsumher; wenn Gaston zu ihnen sandte, so waren sie bald zusammengerufen, bald in Givres, der Deutsche war bald überfallen und aufgehoben von einer Rotte wüster Gesellen, und was dann mit ihm geschah, wo er blieb, wie er endete, das mochte Gott wissen – es ließ sich nicht vorhersehen und nicht berechnen! Der andere führte nach Neufchateau und war der längere; es mußten Stunden vergehen, bis es gelungen war, einen Trupp der dort sich bildenden Franctireurs herbeizuschaffen; aber es war eine halbe Organisation, ein Ansatz zu Subordination unter diesen Leuten; Gaston hatte eine Officierstelle unter ihnen; er würde die Sache lenken und leiten können; er hielt seine Hände reiner, sein Gewissen freier, wenn der Mann, den er als Gast in sein Haus geführt, als Kriegsgefangener behandelt und dann von Schloß Givres möglichst weit in den Süden, nach Algier, nach irgend einem Orte, von woher er nicht zurückkehrte, transportirt wurde. Es ist nun einmal ein großer Unterschied, ob ein Verbrechen, dessen Schuld wir tragen, vor unsern Augen begangen wird, oder weitab, jenseits von Bergen und Strömen. Gaston war kein Mensch, der vor Mitteln zurückbebte, wenn er leidenschaftlich wollte ... Dieser Deutsche, das stand in ihm fest, mußte verschwinden ... aber wenn ein directer Mord, eine zum Tode führende Mißhandlung vermieden werden konnte, so war es besser; es war, wie die Dinge jetzt standen, ja besser auch, daß der Anschlag auf die Ferme des Auges mißglückt war. Dieser Anschlag hatte freilich einen Vorzug gehabt. Wäre er geglückt, so hätte man später den preußischen Untersuchungen der Sache gegenüber keine Verantwortlichkeit gehabt. Was konnte d'Avelon dafür, wenn eine wilde Bande sein Haus überfiel...Gaston selbst wollte ja die Rolle eines Abmahnenden, Hindernden, Beschützenden spielen...die Eisenarbeiter hätten sich Verfolgungen leicht durch Unsichtbarwerden entziehen können. Was aber von Franctireurs auf Schloß Givres verübt wurde, konnte das nicht ihn, den Eigenthümer von Givres, der diesem Corps angehörte, bloßstellen? Aber Gaston beruhigte sich. Es konnte ja Alles vollständig verhüllt und unbekannt bleiben. Niemand konnte ahnen, Niemand nur daran denken, daß der deutsche Officier in dieser Nacht sich nach Schloß Givres begeben; er war vor dem Ueberfall der Ferme durch die Arbeiter entflohen, hatte sich verirrt, war verschwunden und nicht heimgekehrt zu seiner Truppe, wie so viele Andere auch in diesem mörderischen Kriege – wer konnte verantwortlich für ihn gemacht werden?

Gaston war bald entschlossen. Er eilte weiter, eilte zur Haupttreppe im mittleren Theil des Gebäudes, und auf dieser nach unten. Dann verlor er sich durch eine Thür, die aus der Eingangshalle in den hintern Hof, zu den Stallungen führte.

9.

Max Daveland war von seiner Ermüdung überwältigt eingeschlafen. Der Körper verlangte Ruhe, aber seine innere Erregung war so groß, daß sein Schlaf nur eine Art Taumel war, ein Gehetztwerden von einer nicht abreißenden Folge wirrster, beängstigendster und widerwärtigster Traumbilder. Er befand sich inmitten wilder Kampfscenen, rang gegen Verfolger, verlor Valentine, die er vor dem Sturz in grausige Abgründe zu schützen hatte, in endlosen dunklen Höhlengängen, aus denen ihr Hülfeschrei tönte; er träumte und behielt doch das Bewußtsein, daß er eine Beute der tollen und häßlichen Gesichte, die ihn bedrängten, war. Er fuhr endlich auf und beschloß, sich diesem Zustande, den man unter der Einwirkung von großer Ermüdung und großer geistiger Erregung kennen lernt, und der unerträglich werden kann, zu entziehen; sich aufrecht setzend, gab er sich seinen Gedanken hin, die zu dem zurückkehrten, was ihm Gaston von Ribeaupierre über Valentinens unnütze Sorge und Furcht gesagt, durch welche sie angetrieben worden, ihn in der Höhle der Jungfrau zu bergen. Je unnützer, je chimärischer diese Sorge gewesen, desto mehr lag darin für Max Daveland ein Recht, sich Schlüsse daraus zu ziehen, die ihn mit einem unendlichen inneren Glück erfüllen mußten. Durch den bloßen Gedanken, den bloßen Verdacht, seine Sicherheit könne bedroht sein, hatte sich Valentine von einer ganz namenlosen Angst erfüllt gezeigt; sie hatte sich gar nicht gescheut, diese Sorge um ihn in ihrem ganzen Umfange zu verrathen; sie hatte rücksichtslos und ohne sich zu besinnen sofort das entschiedenste Mittel ergriffen, um ihn in Sicherheit zu bringen; in ihrer Noth um ihn hatte sie nichts gefürchtet, weder die Nacht, noch den Regen, noch die weite Wanderung durch eine wahre Bergwildniß; sie hatte keine Scheu gekannt, kein anderer Gedanke war mehr in ihr gewesen, als die Sorge um seine Sicherheit; kein Gedanke an Das, was sie that, indem sie mit dem fremden Manne, dem feindlichen Officier, allein in die Nacht und die Wildniß hinauseilte; die Urtheile der Ihrigen darüber, die Kritik der Welt, wenn es bekannt würde, hatten sie nicht gekümmert... sie hatte Niemand anders, nicht ihrem Vater einmal, die Sicherung Maxens überlassen wollen, nur sich selber hatte sie dabei vertraut, und für nichts Anderes mehr Sinn gehabt, als daß er in Gefahr schwebe!

Max fühlte sein Herz höher und höher schlagen, indem er zu diesen Gedanken zurückkehrte. Er wäre im Hochgefühle seines Glücks in diesem Augenblick bereit gewesen, alle Diamanten aller Großmütter der Welt darum zu geben, wenn er die Thorheit nicht begangen, sich so offen gegen Gaston auszusprechen. Was ihn dazu angetrieben, die Absicht, Gaston's Verzicht auf Valentine zu erreichen, war ja jetzt auch gar kein Motiv für ihn mehr; er hatte Valentinens Neigung gewonnen, in einem Grade, daß sie sich gar nicht mehr gescheut, sie ihm, ja der ganzen Welt zu verrathen. Was bedurfte es da noch solcher Hebel, um Gaston zu entfernen – ach, alle solche Mittel kamen ihm in diesem Augenblicke eben so klein und verächtlich vor, wie er sich selber, er, der ja etwas war, wie eine Schlange, die Herr d'Avelon an seinem Busen zu ernähren begonnen. Es ließ ihn nicht länger ruhen. Er hatte in Gaston's Hände den Ruf, beinahe die ganze Existenz d'Avelon's gelegt; er mußte das gut machen auf irgend eine Weise: er mußte widerrufen, was er gesagt, er mußte Gaston erklären, daß er seine Behauptung zurücknehme, daß er sie als Irrthum eingesehen! Max sprang auf und warf sich in seine Kleider. Er hatte auf dem runden Tische mitten im Gemach Schreibzeug gesehen, er war entschlossen, Gaston eine schriftliche Erklärung, daß er sich geirrt, zu geben, sie zurückzulassen und dann im ersten Grauen der Dämmerung dies Schloß Givres zu verlassen, in welchem er alsdann ja weiter nichts zu thun hatte, in das er sich doch am Ende sehr unvorsichtig hatte locken lassen... Beweise und Briefe über d'Avelon's Herkunft aus Belgien oder Frankreich konnten ja nicht da sein, und wenn Gaston – warum war ihm der Gedanke nicht eher gekommen? – sie zu besitzen vorgab, lag dann nicht nahe, daß dieser Herr von Ribeaupierre ihn nur nach Schloß Givres zu locken beabsichtigt habe? Wahrhaftig, es war besser, Max schlug den Rückweg ein so bald wie möglich!

Er hatte das Licht angezündet und schrieb rasch die Erklärung nieder, die er Gaston zurücklassen wollte. Sie sollte gründlich alle Gefahr entfernen, in die er d'Avelon durch sein unvorsichtiges Geständniß gebracht.

Er schrieb: »Ich bin sehr betroffen, ja beschämt, durch eine Erinnerung, die mir eben gekommen ist. Mir ist einst von den Meinigen wiederholt erzählt worden, daß die Person, welche ich wiedergefunden zu haben glaubte, als junger Mensch durch ein unvorsichtiges Gebahren mit einer Jagdflinte die zwei unteren Glieder des kleinen Fingers der linken Hand verlor. Der Herr, von dem wir sprachen, besitzt eine durchaus unverstümmelte Hand. Ich bin gedemüthigt durch diese Erfahrung, wie weit sich die Phantasie, wenn sie einmal eine falsche Richtung einschlug, zu verirren vermag. Da ich also auf die Vorlage Ihrer Documente völlig verzichten kann, bleibt mir nichts übrig, als für Ihre gastliche Aufnahme in dieser Nacht zu danken. M. Daveland.«

Als Max diese Zeilen in französischer Sprache niedergeschrieben hatte, war es Tag geworden. Das Morgenlicht begann von einem sich aufhellenden Horizont her so mächtig in das Gemach zu dringen, daß er sein Licht auslöschen konnte. Er trat an's Fenster und sah, wie ein rosiges Licht auf die Wipfel der Bäume in dem das Schloß Givres auch von dieser Seite umgebenden Parke, auf die das Thal weiterhin ausfüllenden Ackerfluren und auf die bewaldeten Höhen fiel, welche es einengten und an denen feuchte Dunstwolken wie gigantische graue Wollflocken hingen, die sich an den Wipfeln der Bäume festgenestelt. Hinter den Bergen da oben mußte Neufchateau, weiter Dom Remi la Pucelle liegen – Max hatte seinen Weg gerade in der entgegengesetzten Richtung nordwärts zu suchen – er brauchte um das Finden des Wegs nicht besorgt zu sein, er hatte ja in der Nacht wahrgenommen, daß eine gut chaussirte Straße von Schloß Givres nach der Ferme des Auges führte, und über den Hof der Ferme laufend dann zu eben dem Wege wurde, auf den ihn Valentine anfangs weisen wollen, um nach Void zurückzukommen, bis ein Licht ihren Verdacht erweckt und sie bewogen hatte, ihn zur Höhle der Jungfrau zu bringen.

Max besorgte jetzt rasch seine Morgentoilette und wollte dann aufbrechen. Er bekleidete sich mit seinem Ueberzieher, schnallte den Degen um, fühlte nach dem Revolver in der Brusttasche und trat an die Thür. Die Thür war verschlossen. Er drehte am Schloß, er zog und rüttelte – aber umsonst – er war eingeschlossen.

»Verdammt!« sagte er, leicht die Farbe wechselnd, »ich habe mich, so viel ist klar, von diesem Gaston übertölpeln lassen! Ich bin sein Gefangener. Hoffentlich nicht für lange. Es wird doch einen Ausgang aus dieser Bärenfälle – denn wie ein dummer Bär bin ich hineingegangen – geben.«

Ein gewaltsames Sprengen der Thür, mit einem Revolverschuß etwa, brächte das ganze Haus in Alarm und riefe alle seine Bewohner herbei. Es war keine Flucht möglich als durch das Fenster. Dieses lag freilich vielleicht zwanzig Fuß hoch über dem Rasen, der unten die Grundmauer des Gebäudes umgab. Man konnte nicht hinausspringen ohne Gefahr alle Glieder zu brechen. Und doch blieb kein anderer Weg übrig. Max dachte an die Geschichten von merkwürdigen Rettungen aus solchen Lagen vermittelst zerschnittener Tücher. Aber so etwas bedurfte langer Vorbereitung und er fühlte, daß die Augenblicke kostbar – der Boden in diesem französischen Schlosse, in das er sich so kopflos locken lassen, allein, weitab von den Seinen und aller Hülfe, begann ihm unter den Füßen zu brennen. Sollte er den Sprung hinunter wagen? Langsam und geräuschlos öffnete er das Fenster und blickte hinab – es war wahrhaftig ein verzweifeltes Unternehmen – es war ein schrecklicher Gedanke, mit zerschmetterten Gliedern da unten zu liegen, bis man komme, ihn in die Gefangenschaft zurückzubringen, oder – ihm den Rest zu geben! Er wandte sich geängstigt von dieser Vorstellung in das Zimmer zurück, und ließ sein Auge, suchend nach irgend einem Dinge, das Hülfe gewähren könnte, ausspähend durch alle Ecken schweifen, da – mit einem leisen Ausbruch der Befriedigung eilte er auf sein verlassenes Lager zurück, sprang darauf und löste mit rascher Hast eine dicke, in einen Quast endende blaue Seidenschnur, die von dem Betthimmel herabhing. Sie genügte vollständig. Max zog sein Messer, schnitt den Quast ab, nahm die doppelte Schnur einfach, befestigte sie an den untern Fensterhaken und schwang sich hinaus; als ehemaliger Turner hatte er nur noch eine Aufgabe, die sich wie ein Spiel lösen ließ. Nach wenig Secunden stand er unten auf festem Grund und Boden und entfernte sich nun mit einem triumphirenden Gefühl, wie leicht ihm dies Entkommen geworden, von dem Gebäude – er schritt in den schweigenden, unter den hohen Bäumen noch dunkelnden Park hinein, um nur zunächst möglichst weit aus dem Bereich des gastlichen Schlosses von Givres zu kommen.

Dann wandte er sich links. Er mußte einen ziemlich weiten Umkreis nicht scheuen, um die offene weite Rasenfläche zu vermeiden, welche vor der Vorderfronte des Schlosses lag, und im Schutze der Baumpartien und Gebüsche den Weg nach Void zu erreichen. Dabei kreuzte er eine andere Straße, die, vom Schlosse herkommend, sich nach rechts schwang und südwärts in's Thal hinein verlief... in der Ferne glaubte er auf ihr Hufschläge zu vernehmen – als er stehen blieb, sah er, daß er sich nicht getäuscht; sie kamen näher; Max entfernte sich, seiner Richtung folgend, etwas mehr – nach einer Weile wandte er, von einem Strauchwerk gedeckt, sich zurück und sah einen Reiter vorübersprengen auf Schloß Givres zu – trotz des flatternden Regenmantels, der ihn umgab, glaubte er an der Figur Gaston von Ribeaupierre zu erkennen. Hatte dieser die Nacht auf einem Ritte zugebracht – und wohin? Max wünschte sich doppelt Glück, daß er aus seinem Bereiche war, und hastete vorwärts, um die Ferme zu erreichen.

Er hatte die Chaussee, welche nach dieser führen mußte, bald gefunden. Es galt nur, einen schmalen Graben zu überspringen, der den Parkbezirk von der Böschung der Straße trennte. Dann schritt er rasch auf dieser weiter. Je mehr er sich der Ferme näherte, desto mehr vertiefte die Straße sich in einen schluchtähnlichen Paß, einen bergaufführenden Hohlweg. Endlich kam Max an eine Stelle, wo sich nach rechts hin eine schmälere Schlucht abzweigte. Er glaubte diese Stelle wiederzuerkennen; wenn ihn nicht Alles täuschte, mußte es die sein, wo er in der Nacht aus der engen Bergschlucht von der Höhle der Jungfrau her auf die Chaussee gekommen war, um dann bald auf Gaston zu stoßen. Max hielt seinen Schritt an. War es nicht besser, diesen Weg wieder einzuschlagen? Valentine hatte ihm versprochen, ihn dort aus der Höhle zu befreien, ihn abzuholen. War es nicht möglich, daß er sie jetzt gerade – der Tag war ja längst da – dort antraf? Die Hoffnung, sie dort zu finden sie dort allein und ungestört sprechen zu können, ihr Alles rückhaltslos sagen zu können, was seine Brust erfüllte – dann allein um ihr den Rückweg gehen zu können, war zu verlockend. Und es war ja am Ende auch klüger, vorsichtiger, diesen Weg zu nehmen und, falls er Valentine auch nicht traf, dann über den Höhenrücken den einsamen Fußpfad durch das Gehölz bis zu der Ferme zu verfolgen, den sie ihn in der Nacht geführt hatte und den er jetzt bei Tageslicht leicht mußte wiederfinden können – wenn es Gaston am Ende einfallen sollte, ihn mit seinen Dienstleuten zu verfolgen, so würde er ihn auf der geraden Chaussee suchen – sie zu verlassen um des freilich weiteren Nebenweges willen, war räthlicher.

So war Maxens Entschluß bald gefaßt. Er vertiefte sich in das Seitenthal und verfolgte es, in eine immer engere Schlucht gerathend und nun doch ein wenig unsicher, ob er den richtigen Weg genommen. Bei einer letzten Wendung um einen Felsvorsprung jedoch gewahrte er zu seiner Beruhigung, nicht mehr fern vor sich, das Ende der Schlucht und die schmale Oeffnung in den Steinklippen, welche den Eingang zu seiner Höhle bezeichnete... die Jungfrau, die er zu erblicken gehofft, war freilich nicht da. Er mußte sich in die Thatsache finden, sie ward nicht anders dadurch, daß Max, den letzten Hoffnungsschimmer festhaltend, zur Höhle emporstieg. Auch von der steilen Höhe links kam sie nicht niedergestiegen auf dem schwierigen Pfade, den Max sehr bald ausfindig gemacht hatte; die abgeschiedene düstere Bergschlucht blieb so öde und einsam, wie er sie gefunden, trotz seines Harrens und Rastens auf einer Felskante am Ufer des Bachs, der durch die Tiefe dahinrieselte – es war ja auch so thöricht, es zu erwarten, daß sie noch einmal den beschwerlichen Gang durch nasses Gebüsch über den steilen Bergrücken machen sollte! In ihrer Erregung, in ihrer Angst hatte sie in der Nacht sich dazu hinreißen lassen. Die Erregung aber war nun vorüber, und wie hätte sie ihm jetzt hier allein entgegentreten können – mit dem für sie ein wenig beschämenden Geständniß, daß ihre Sorge, ihre Angst um ihn eine ganz gegenstandslose gewesen – wie hätte sie einer Scene entgegengehen können, in der sie jetzt doch nur Worte und Erklärungen voraussehen konnte, denen ein junges Mädchen doch nicht – entgegengeht!

Max gab seine Hoffnung auf und beschloß weiter zu schreiten, und doch beharrte er in seiner Ruhe und seinen Träumen auf dem Felsblocke, auf dem er saß – und nicht Träumen allein – es gab doch auch so viel zu denken, zu überlegen! Es war doch mit Valentinens Neigung, wenn auch Alles gewonnen, nicht Alles glatt und friedlich geebnet. Welche Aufnahme würde seine Werbung bei d'Avelon finden? Und wie würde er sich zu Gaston stellen, wenn dieser wieder in der Ferme erschien? – Und würde es auf die Dauer möglich sein, wenn er um Valentine warb, zu verbergen, wie nahe er Vater und Tochter stehe, und Jenem eine so tiefe Demüthigung, wie darin für d'Avelon liegen mußte, und sich selbst die peinigende Rolle, die er alsdann auf der Ferme spielte, zu ersparen?

Alles Das waren Fragen bedrängender Natur, nur zu sehr danach angethan, um ihn sinnen und grübeln zu lassen. Wie zu stillem, ungestörtem Träumen und Denken hatte ja die Natur selbst diesen Ort geschaffen, und nicht weniger dazu geschaffen war diese Stunde des frühen Morgens mit ihrer feuchten Luft, ihren leise aus den Gründen aufsteigenden Nebelschleiern – es schien einer jener Tage werden zu wollen, die wie zum Träumen bestimmt sind, wo man vergißt, ob es Morgen, Mittag oder Abend ist, und am meisten Das, was an Thätigkeit, Pflichterfüllung und Arbeit die Morgen- oder Abendstunden von uns verlangen – wo man das Leben fühlt als ein kampf- und müheloses Gebilde innerer Gesichte.

10.

Unterdeß hatte aber, während Max so in Träumen verloren müßig auf einer Felskante in der engen Bergschlucht saß, längst den Befehlshaber der kleinen Truppe in Void die Schreckensmeldung von dem völligen und räthselhaften Verschwinden des Lieutenant Daveland erreicht. Der Hauptmann von Sontheim war wie elektrisirt bei dieser Nachricht, die zwei bis an sein Nachtlager vormarschirte Landwehrmänner mit thaufeuchtem Bart ihm gebracht, in die Höhe gefahren – hatte, während er sich in die Kleider warf, rasch mehrere Befehle gegeben und war nach unglaublich kurzer Zeit, begleitet von dem Lieutenant Merwig, nach der Ferme hinausgesprengt – zu Fuße folgte ihm nach seiner Anordnung Hartig mit einem Zuge der Compagnie.

Als Sontheim auf dem Hofe der Ferme hielt, ließ er sich zuerst von dem ihm entgegenkommenden Unterofficier Bericht erstatten. Der ehrliche Thonwaarenfabrikant war herzlich froh, durch die Ankunft seines Chefs seiner weiteren Verantwortlichkeit überhoben zu sein.

»Ich habe, glaub' ich, die richtigen Maßregeln ergriffen, Herr Hauptmann,« sagte er, »ich konnte, denk' ich, nichts anderes thun, als den Leuten vorläufig Arrest anzukündigen?«

»Gewiß haben Sie das Richtige gethan, Sattler,« rief der Hauptmann aus, »es wäre ein schweres Gericht über Sie ergangen, wenn Sie es unterlassen hätten – es muß uns Alles daran gelegen sein, diese Menschen in Händen zu haben und ein Beispiel an ihnen statuiren zu können. Zeigen Sie mir das Fenster, woran Sie die Spuren gefunden, daß man an ihm hinauf geklettert ist.«

Der Unterofficier führte den Hauptmann hin; dieser sprang von seinem Pferde und gab seinem Untergebenen die Zügel. Sontheim hatte sich von der Richtigkeit der Angaben des letzteren überzeugt und sprach: »Es ist klar, man hat ihn überfallen und fortgeschleppt; dieser unpraktische Hartig, der vorgestern mit dem Lieutenant von Daveland hier war, hat ganz recht gehabt, wenn er sagte, man wolle den unglücklichen Menschen hier beschwindeln und in eine Falle locken … aber wer konnte an solch eine vermaledeite Tücke glauben!«

»Es ist eine Geschichte, über die sich Einem vor Wuth und Schmerz das Herz im Leibe umdreht!« rief Merwig zornig aus. »Man sollte Alles füsiliren lassen, was auf dem Hofe ist …«

»Es wird doch wohl in Commercy abgeurtheilt werden, was mit den Leuten hier geschehen soll?« wagte der Unterofficier, zu Sontheim aufblickend, zu fragen; »wenn sofort nach Kriegsrecht verfahren würde und unserer Compagnie dabei die Execution zufiele, so …«

»Was wollen Sie sagen, Sattler?« fuhr der Hauptmann von Sontheim den friedlichen Topffabrikanten in einer Weise an, die nicht geeignet war, ihn sehr beredsam zu machen.

»Nun … ich meine nur,« versetzte er verdrossen; »wenn es sein muß und befohlen wird, nun ja, so ist's eben befohlen! Aber man sieht doch lieber, wenn's Anderen befohlen wird und man seinen Flintenlauf davon rein hält!«

»Sie thun am besten, Sattler, wenn Sie sich darüber keine vorwitzigen Gedanken machen und es abwarten. Zeigen Sie mir jetzt, wo Ihre Arrestanten sind, und gehen dann zurück, um die Mannschaft, die aus Void kommt, zu erwarten; sobald sie da ist, wird der ganze Hof umstellt und darauf werden mir sofort, sobald ich Ihnen den Befehl zukommen lasse, alle Bewohner, alles Gesinde einzeln vorgeführt, daß ich sie vernehme.«

»Zu Befehl, Herr Hauptmann!«

Sontheim betrat, von seinem Untergebenen zurechtgewiesen, bald darauf mit Merwig den Salon. Herr d'Avelon trat ihm ernst und würdig entgegen, während die beiden Damen die entfernt von einander, Ellen in einer Causeuse, Valentine in einer Fensternische, saßen, nur schweigend und ohne sich zu erheben seinen Gruß erwiderte. D'Avelon's Einladung, sich zu setzen, lehnten die Officiere ab. Sontheim erklärte mit einer sehr kühlen, sehr gehaltenen Höflichkeit in einem zwar nicht fließenden, aber zum Verständniß ausreichenden Französisch, daß er die Pflicht des Dienstes bedaure, die ihn hergeführt, und zunächst um des Hausherrn Aufschlüsse über das, was geschehen, was Aufhellung über des verschwundenen Cameraden Schicksal geben könne, bitten müsse. Merwig musterte währenddeß von der Seite Valentine – er fand nichts Räthselhaftes mehr in der bisher ihm unerklärlich gewesenen Bethörung des armen Cameraden, der ihr so schnell zum Opfer geworden schien.

Herr d'Avelon erzählte Alles, was er erzählen konnte, offen, bereitwillig, so umständlich, wie er vermochte. Sontheim setzte sich dabei an den Schreibtisch Valentinens am oberen Ende des Salons, um sich einige Notizen zu machen. Dann bat er Valentine um ihre Aussagen – Valentine erhob sich und trat in seine Nähe – auch Ellen erhob sich, wie magnetisch herbeigezogen, wie als ob sie in größerer Nähe von Valentine dieser die Worte auf den Lippen zurückhalten könne, die sie nicht gesprochen wissen wollte. Aber es war unnütz, wenn sie sich ängstigte. Valentine sah ein, wie furchtbar erschwerend es für sie Alle sein würde, wenn sie von ihren Beobachtungen in der Nacht rede, wenn sie verrathe, daß ein Complot geschmiedet worden, um Daveland zu überfallen; sie sprach kein Wort, das über die Darstellung ihres Vaters hinausging. Nur eine unbestimmte Sorge um den fremden Officier hatte sie getrieben, ihn zu warnen, ihn fliehen zu heißen – und geflohen war er, sicher und ungehärmt war er entkommen, das hatte sie gesehen, und wenn ein Unglück ihn betroffen, so war sicherlich Niemand auf der Ferme daran schuld – Herr von Daveland war längst von ihr in Sicherheit gebracht, als die Arbeiter wirklich erschienen, um ihn zu überfallen.

»Sie sprechen das so bestimmt aus, er sei von Ihnen in Sicherheit gebracht, mein Fräulein,« sagte Sontheim, »was giebt Ihnen diese Sicherheit, die Ueberzeugung, daß er nicht auf seinem Fortgange von der Ferme den Uebelthätern in die Hände gefallen ist?«

»Mein Gott,« rief Valentine aus, »ich selbst habe ihn begleitet, ich habe ihn in eine sichere Zuflucht geführt. ...«

»Was nennen Sie sicher? ...«

»Ich darf eine Felsenhöhle in abgelegener Bergschlucht, die Höhle der Jungfrau, so nennen – dorthin habe ich selbst ihn begleitet. Dort konnte Niemand in der Welt ihn vermuthen – als ich bei Tagesanbruch ging, ihn aus derselben zu befreien, fand ich ihn nicht mehr, aber auch keine Spur von einem stattgefundenen Ueberfall, von einem Kampf, von einer Anwesenheit vieler Menschen dort vor kurzer Zeit... es war nicht möglich, daß man ihn dort gesucht und gefunden!«

Sontheim wandte sich Ellen zu; Miß Ellen wußte nichts weiter anzugeben, als was Herr d'Avelon über die Veranlassung von dem Bleiben des deutschen Officiers gesagt, und daß alsdann um Mitternacht eine Arbeiterschaar in's Haus gebrochen, die aber ihr Opfer schon entflohen gefunden. Sie wußte absolut nichts weiter; sie gab ihre Aussagen ebenso bestimmt als lakonisch, mit einer sehr wahrnehmbaren Verstärkung jenes nicht anmuthigen Zuges um ihren Mund, der weder für ihre Umgebungen schmeichelhaft, noch für den Lauf der irdischen Dinge überhaupt ermuthigend war; Miß Ellen sagte offenbar mit diesen nach unten gezogenen Winkeln ihres hübschen Mundes, daß sie weder das Bewirthen eines deutschen Officiers und Valentinens Sorge um ihn, noch das Vorhandensein von Eisenhammerarbeitern in der Welt, oder das Auftreten deutscher Soldaten als Herren im Hause als anständig, moralisch oder nur erträglich betrachten könne.

Der Hauptmann v. Sontheim hatte fortgefahren, sich Notizen zu machen – dann wandte er sich zu Herrn d'Avelon zurück.

»Sie müssen schon entschuldigen, mein Herr,« sagte er ihn scharf fixirend, »daß ich, von Ihren Angaben nicht ganz befriedigt, zur Vernehmung Ihrer Leute übergehe, und sie mir vorführen lasse. Lieutenant Merwig, sorgen Sie dafür, daß es jetzt geschehe. Was Ihre Angaben betrifft, so werden Sie selbst fühlen, daß sie in einem bedauerlichen Grade unzulänglich und Verdacht erweckend sind. Es ist nicht allein sehr auffallend, daß Sie einen Ihnen fremden Officier über Nacht bei sich zurückhielten, sondern noch mehr, daß eine junge Dame, wie Ihr Fräulein Tochter, ihn ganz allein mitten in der Nacht, durch Regen und Dunkel, in eine einsame Berggegend, in ein Asyl geführt haben will. Es lautet das so überraschend romantisch, daß es nicht mehr wahrscheinlich genannt werden kann. Die Thatsache, daß ein Arbeiterhaufe während dieser Nacht in Ihr Haus gedrungen ist, gestehen Sie selbst ein – wir müssen annehmen, daß dieser Haufe nicht gekommen ist, ohne daß ihm vorher ein Wink wurde, der ihn herbeirief; auch, daß ihm vom Innern des Hauses aus die Mühe erspart wurde, sich gewaltsam hier einzuführen. ...«

»Weshalb hätten wir's auf die Gewalt ankommen lassen sollen,« rief d'Avelon aus – »wir wußten, daß Herr von Daveland in Sicherheit war …«

»In Sicherheit?« fiel Sontheim ein. »War er wirklich bereits entfernt, als der Ueberfall geschah? Und wenn auch – welcher Art die Sicherheit, in welche er geführt wurde, war, das sehen wir jetzt – er ist eben verschwunden!«

»Senden Sie zu dem Eisenhammer; lassen Sie dort die sämmtlichen Arbeiter vernehmen,« antwortete d'Avelon auffahrend und im Beginne, über diese Ungläubigkeit, auf welche seine Erklärungen stießen, außer sich zu gerathen, »alle diese Leute werden Ihnen bestätigen …«

»O gewiß, gewiß!« unterbrach ihn Sontheim achselzuckend und mit sarkastischem Lächeln – »diese Leute werden sicherlich darin übereinstimmen, daß sie durchaus unschuldig sind und die ganze Nacht bei ihrer Arbeit oder in ihren Betten zugebracht haben… leider ist es nicht unseres Amtes, hier lange regelrechte Criminalproceduren anzustellen, dazu haben wir keine Zeit – ich werde noch Ihre Dienstleute verhören und bedaure, dann das Weitere dem Kriegsgericht in Commercy überlassen zu müssen.«

»Also wir werden vor ein preußisches Kriegsgericht gestellt werden,« sagte d'Avelon sehr bleich werdend, »ich nicht allein, sondern auch diese Damen hier?«

Sontheim antwortete nicht. Trotz der Härte, die er in seine Sprache legte, wurde ihm die Sache peinlich – er sah von d'Avelon fort und nach der Thür, durch welche Merwig verschwunden war, um die weiter zu vernehmenden Leute einzeln eintreten zu lassen – Valentine war unterdeß aufgesprungen und neben ihren Vater geeilt, an dessen Brust sie sich warf, um daran plötzlich in einen Strom von Thränen auszubrechen. D'Avelon drückte ihren Kopf mit seiner Rechten an seine Brust, während seine Linke ihre Schulter umschlang; auch in seine Augen traten die Thränen und mit zitternder Lippe sagte er:

»Mein armes, armes Kind – sei stark, sei muthig – dieser schauderhafte Krieg nimmt bessere Leute fort, als ich bin – sie werden ja nicht den Muth haben, an Dein süßes Haupt zu rühren – sie werden es nicht! Ellen, reichen auch Sie mir die Hand – wenn ich ein Opfer dieser entsetzlichen, unerklärlichen Geschichte werde, so soll Ihnen wenigstens kein Haar gekrümmt werden – Sie sind nicht allein schuldlos wie wir Alle, auf Sie fällt ja auch nicht der leiseste Verdacht …«

Wie von einem plötzlichen Schmerz durchzuckt bei diesen Worten ihres Vaters, fuhr Valentine von seiner Brust zurück.

Valentine schlug die Hände vor ihr von Thränen überströmendes Gesicht und wandte sich ab – es war ihr, als ob ein Strom von Zorn, Haß und Verzweiflung über dieses Mädchen, das mit so kühler Fassung und so ruhigem Selbstgefühl das Bewußtsein ihrer Verschuldung bei dem ganzen unseligen Ereigniß trug, ihr das Herz füllte bis zum Ersticken – es gehörte eine ihre Kräfte fast übersteigende Anstrengung der Selbstbeherrschung dazu, daß sie nicht ausrief:

»Vater, Vater, Du bist im entsetzlichsten Irrthum; sie, just sie und Gaston haben dies ganze unsägliche Elend veranlaßt und über uns gebracht!«

Es war gut, daß der stille, gebieterische, drohende Blick, mit dem Ellen eben ihre Augen suchte, sie nicht traf – hätte Valentine ihn wahrgenommen, die Empörung würde in ihr alle Schranken überstiegen, sie würde ausgerufen haben: »Ellen und Gaston sind die Schuldigen, und wenn diese Nacht ein Opfer gefordert hat, so kommt sein Blut auf ihr Haupt!« Und dann, wenn damit diesen unbarmherzigen Feinden eingeräumt worden wäre, daß eine böse Absicht da gewesen, daß nicht alle Bewohner der Ferme so schuldlos seien, wie sie sich gaben, dann war ja die letzte Hoffnung verloren!

Valentine wankte fort; sie war im Begriff, ohnmächtig zu werden; das Gefühl einer grenzenlosen Verzweiflung über Maxens Ende, über ihres Vaters, ihr eigenes Schicksal überkam sie. Es erstickte sie; sie tastete mit der Hand nach der Lehne des nächsten Sessels. Bleich wie der Tod stand sie da; dann ließ sie sich niedergleiten in den Stuhl – ihr Vater wollte ihr beispringen… aber jetzt fuhr sie empor, fuhr empor mit einem herz- und markerschütternden Ausrufe – einem Rufe, so schmetternd aus dem innersten Herzen hervorbrechend, daß Niemand hätte sagen können, ob er Tod oder Leben, Hölle oder Seligkeit bedeute – es waren keine Worte, es war ein lautes Ausschmettern der beispiellosesten Erschütterung. Zugleich flog sie vorwärts, drei, vier Schritte vorwärts, öffnete ihre Arme und schlang sie in krampfhafter Heftigkeit um die Schultern eines ihr entgegeneilenden Mannes; und dann zusammensinkend fühlte sie sich von den starken Armen dieses Mannes umschlungen, der die Ohnmächtige an sich preßte und dabei zugleich im höchsten Grade erschrocken rings um sich blickte.

Es war Max Daveland, Niemand anders als er, der, eben rasch über die Terrasse dahergekommen, durch die Glasthür stürmisch in den Salon trat, von allen zuerst von Valentinens brechendem Blick wahrgenommen.

»Daveland!« rief Sontheim, rief Herr d'Avelon, riefen Beide wie aus Einem Munde – und auch Merwig rief es, der, eben aus dem Innern des Hauses kommend, wieder eintrat, mehrere Leute, die er einführen wollte, hinter sich und diese jetzt wieder zurückweisend.

»Sind Sie's oder Ihr Gespenst?« fuhr Sontheim fort. »Wo Teufel haben Sie gesteckt? Wissen Sie denn, daß wir, während Sie Ihre Morgenspaziergänge machen, hier eben im Begriff sind, Ihretwegen ein Dutzend Todesurtheile zu sprechen und die Ferme des Auges dem Erdboden gleich zu machen, weil wir sie für die Mördergrube hielten, in der Sie überfallen und um's Leben gebracht seien ...«

»Gerechter Gott!« rief Max erbleichend. »Das ist doch nicht Ihr Ernst, Sontheim?«

»Ich bin im Dienste hier, Lieutenant von Daveland – und im Dienste, das wissen Sie doch, pflege ich keine Späße zu machen – Sie werden sich wegen Ihres Verschwindens von der Compagnie zu verantworten haben!«

»Wenn Sie wirklich glaubten, ich sei ermordet, so finde ich die Art, wie Sie jetzt Ihre Freude über meine Rettung und mein Wiedererscheinen ausdrücken, höchst originell, Hauptmann von Sontheim,« entgegnete Max nach Athem ringend; und sich über Valentine beugend, die er sanft in den Fauteuil, den sie vorhin gesucht, niedergelassen hatte, rief er:

»Valentine – ist dies wahr? ist dies möglich? – o dann sagen Sie mir auch, daß Sie mir diese Stunde, die ich über Sie gebracht, verzeihen! O mein Gott, in welche Lage habe ich Sie gebracht!«

Herr d'Avelon war schweigend mit weitgeöffneten Augen, mit tiefen Athemzügen langsam auf Max zugegangen; dies plötzliche Wiedererscheinen mochte ihm nicht minder als die Art und Weise, wie seine Tochter dies Wiedererscheinen aufnahm, die Sinne ein wenig schwindeln machen – er streckte seine beiden zitternden Hände aus nach Max, legte sie auf seine Schulter, und mit ebenso zitternder Lippe sagte er:

»*Sie* giebt der Himmel uns wieder – mir und, wie ich sehe, mehr noch meiner Tochter!«

Valentine hatte ihre Augen aufgeschlagen, ein Strom von Thränen stürzte daraus hervor – sie konnte nicht anders, sie legte ihre beiden Arme wieder um den Hals des jungen Mannes, der vor ihr niedergekniet war, und verbarg ihr schluchzendes Gesicht an seiner Brust.

Ein so überwältigender, keine Rücksichten mehr auf Alles, was uns umgiebt, auf die anerzogenen Vorstellungen von dem, was schicklich, auf die Gesetze der jungfräulichen Zurückhaltung, auf die ganze übrige Welt nehmender Ausbruch des Gefühls hat etwas, das mit einer gewissen scheuen Ehrfurcht erfüllt. Wer wagt da noch, Einspruch zu thun, wer denkt an Widerstand? Es ist das Aufflammen eines Blitzes, in dem sich der lange angehäufte Zündstoff eines moralischen Gewitters entladet, ein Auflodern einer großen Seelenflamme, die plötzlich von dem heiligen und göttlichen Feuer in der Menschenbrust Kunde giebt, von seinem uralt heiligen Rechte auf den Sieg über jede feindliche Macht des Erdenlebens, von dem alten Erstgeburtsrechte, das auf Erden dem Idealen geworden. Es verstummen scheu davor selbst die, welche es nicht verstehen – wie der Löwe zurückweicht vor dem Strahle des Menschenauges, das er nicht versteht.

Vielleicht hätte auch Herr d'Avelon wie ein zorniger Löwe es aufgenommen, wenn ihm in anderer Weise kund geworden, wie seine Tochter für den fremden Officier fühle. *Diese* Art, wie sich ihm Valentinens Gefühl offenbarte, ließ ihn schweigen. Er sah stumm und ernst auf die Gruppe nieder, die ihm nichts übrig ließ, als: was nun einmal war, wie ein Verhängniß anzunehmen. Auch die Cameraden Max Daveland's standen stumm und betroffen umher; sie verbargen unter einem ein wenig verlegenen Lächeln ihr inneres Ergriffensein – Sontheim rief endlich wie im Gefühl, daß er seine Anwesenheit hier jetzt besser abkürze, Merwig zu:

»Gehen Sie, unsere Leute nach Void zurückzusenden, Lieutenant Merwig; wir sind ja Alle zusammen nicht mehr nöthig hier – gehen Sie nur, ich folge Ihnen, sobald ich Herrn d'Avelon um Entschuldigung gebeten habe, daß wir durch unsere Pflicht gezwungen waren, uns in seinem Hause in etwas zu mischen, was sich doch nun ganz als seine – Familienangelegenheit erweist!«

Während Merwig ging, sagte d'Avelon, mit einem ernsten Lächeln die Verbeugung erwidernd, die ihm Sontheim bei feinen letzten Worten gemacht hatte:

»Die Noth und Seelenangst, welche Sie über uns gebracht, Herr Hauptmann, kann uns nicht so blind machen, Ihnen dabei eine persönliche Verantwortlichkeit zuzuschieben. Und wäre dies auch der Fall, so haben wir jetzt, wie Sie sehen, einen uns Beiden so nahe stehenden Vermittler in Ihrem Cameraden hier« – Herr d'Avelon blickte mit einem Lächeln, in welchem eine eigenthümliche Mischung von Resignation, Ironie und Rührung lag, auf Max und Valentine – »daß eine Feindschaft gar nicht aufkommen kann.«

»Gewiß nicht bei der edeln und großherzigen Weise, wie Sie die Sache aufnehmen, Herr d'Avelon,« antwortete Sontheim, dem alten Herrn bewegt die Hand reichend. »Nehmen Sie mir nicht übel, wenn ich Ihnen darüber meine aufrichtige Bewunderung so gerade in's Gesicht sage; auch danke ich Ihnen ...«

Max hatte sanft Valentine in ihren Sessel zurückgelegt, er war aufgesprungen und beide Hände d'Avelons ergreifend, rief er jetzt aus: »O Sontheim, nehmen Sie es nicht mir, der Erste zu sein, der diesem edlen theuren Manne dankt ...«

D'Avelon erstickte Maxens weitere Worte, indem er ihn an seine Brust zog.

»Was danken Sie mir!« sagte er. »Ich habe ja eben nur zu deutlich gesehen, daß mir nichts übrig bleibt, als gute Miene zum bösen Spiel zu machen – zu diesem bösen Schachspiel, wobei ich Ihnen die Königin raubte, und Sie mir dafür die Tochter nehmen!«

»Um sie wie eine Königin auf Händen zu tragen!« fiel Max gerührt ein, nach der Hand Valentinens fassend, die eben herantrat, um ihren Vater zu umarmen.

»Wo Sie die Nacht hindurch gesteckt haben,« warf jetzt der Hauptmann dazwischen, »werden wir in dieser Stunde schwerlich von Ihnen erfahren, und meine dienstlichen Verweisreden würden noch schwerlicher mit der respectvollen Aufmerksamkeit und innerlichen Gemüthszerknirschung, die sich gebührte, von Ihnen angehört werden, Daveland – also verschieden wir das, bis Sie sich in Void wieder zum Dienst melden, was ich doch bis heute Abend erbitte! Und damit Gott befohlen!«

Er reichte d'Avelon zum Abschied die Hand, verbeugte sich kurz und eilte, den auf die Ferme des Auges gelegten Belagerungsstand durch den Abzug seiner Mannschaft aufzuheben. Diese stand, von Hartig gesammelt, schon zum Abrücken bereit im Hofe – Merwig war, als der Hauptmann zu ihnen trat, just sehr lebhaft beschäftigt, Hartig mitzutheilen, was sich eben drinnen im Salon zugetragen.

»Wunderbarliche Geschichte!« sagte Hartig trocken. »Und wo dieser unsichere Cantonist die Nacht gesteckt hat, haben Sie nicht erfahren? Wie viel das zu denken giebt! Wo steckt ein verliebter Mensch, wenn seine Truppe Nachts die Fühlung mit ihm verliert? Thun die Herrn mir einen Gefallen ... ja? Lassen Sie es *mich* der blonden Nicaise erzählen, wenn wir heimgekommen ...«

»Glauben Sie, die blonde Nicaise wüßte das Räthsel zu lösen?«

»Nicht deshalb. Ich denke: Exempla trahunt! Beispiele ziehen!«

»Bisher war sie freilich gegen Sie mitunter noch ungezogen!« lachte Merwig.

»Ziehen Sie lieber ab, Hartig,« fiel Sontheim ein, »als Merwig's schwache Versuche im Wortwitz anzuhören.«

»Achtung ... Schultert's Gewehr ... Rechts schwenkt, marsch!« commandirte Hartig jetzt mit bewunderungswürdigem militärischen Aplomb – und bald darauf war die letzte preußische Uniform von der Ferme des Auges verschwunden.

Die letzte – bis auf eine, die in diesem Augenblicke neben dem Stuhle Valentinens sich im Salon behauptete. Max hielt mit der einen Hand die Valentinens, die lauschend zu ihm aufschaute, fest, während er die andere auf die Lehne ihres Sessels gestemmt hatte, und so erzählte er alle seine Erlebnisse in der Nacht, seine Entfernung aus der Höhle, seine Begegnung mit Gaston, dessen Auslegung von der grundlosen Befürchtung, der sich Valentine hingegeben habe, seine Wanderung nach Givres, sein Entkommen von da; und entrüstet vernahm er aus d'Avelons Munde, was in der Nacht auf der Ferme stattgefunden, was Gaston dort unternommen, womit, in Folge davon, dann d'Avelon und die Seinen durch Max Daveland's Cameraden bedroht worden seien. Das Alles wurde rasch und in geflügelten Worten gegenseitig ausgetauscht, erörtert und durchsprochen, während Miß Ellen, ihr Ergriffensein durch alle diese Vorgänge nur durch eine ein wenig bleichere Farbe ihrer starren Züge verrathend, sich mit eigenthümlicher Gemüthsruhe schon ihrer häuslichen Pflichten wieder erinnert hatte und ab und zu ging, um die Tagesordnung und das gewohnte Geleise des häuslichen Lebens herzustellen und zunächst für Herrn d'Avelon's Frühstück zu sorgen. Sie ließ ein anderes für Max und Valentine in den Salon bringen – Herrn d'Avelon führte sie, leise ihre Hand auf seinen Arm legend, in das Speisezimmer und schloß dann die Thür hinter sich.

»Ah,« sagte Herr d'Avelon, bei dieser Vorsicht lächelnd zu ihr aufblickend, »Sie denken, Ellen, wir müßten die beiden jungen Leute jetzt ein wenig allein und sich selber überlassen? Sie haben Recht; an so etwas denkt doch nur eine feinfühlige Frau, wie Sie, Ellen!«

»Sie mißverstehen mich, wenn Sie bei mir so zarte Rücksichten auf diese ›jungen Leute‹ voraussetzen, Herr d'Avelon ...«

»Ah, wie mißvergnügt Sie das aussprechen und wie unzufrieden Sie aussehen, Ellen ... was ist Ihnen ... was mißfällt Ihnen? Daß ich meine Einwilligung gegeben habe, da ich mit meinen eigenen Augen sah, daß es langst zu spät war, sie nicht geben zu wollen? Ich denke, auch Ihnen kann es einerlei sein, ob dieser Deutsche, der, unter uns gesagt, mir weit mehr nach dem Herzen ist, als der kühle, blasirte Bursche, der Gaston, mein Schwiegersohn wird, oder ob es der Andre wird. Unter uns ändert es nichts!«

»Es ändert sehr viel, Herr d'Avelon,« versetzte Ellen, »und eben um Sie darüber keinen Augenblick länger im Unklaren zu lassen, habe ich die Thür geschlossen. Man betrügt Sie, Herr d'Avelon ...«

»Herr d'Avelon, Herr d'Avelon – Sie haben es mir jetzt in einer Minute schon dreimal an den Kopf geworfen – also man betrügt mich, Miß Ellen Stoughton? Wer betrügt mich?«

»Dieser Deutsche – sie sind Alle Heuchler, diese ehrlichen, biederen Deutschen, und er ist einer der schlauesten und kecksten!«

»Ah, er ist ein Heuchler? und weshalb?«

»Er ist ein armer Teufel, der ...«

»Ein armer Teufel? Nun, bei Gott, ich habe lange Zeit das Vergnügen gehabt, dasselbe mir nachsagen lassen zu müssen, und ich versichere Sie, das Handwerk ist nicht so schlimm, ja, später denkt man wohl gar mit einer gewissen Rührung an die Zeit, in der man es trieb, zurück. Glauben Sie nicht, daß ein gemachter Mann Stunden hat, wo er wünscht, er wäre noch ein armer Teufel? Uebrigens hat Daveland eine Staatsanstellung, denk' ich, er ist in der Magistratur ...«

»Und ist von guter Familie,« fiel Ellen ironisch ein, »wollten Sie das nicht hinzusetzen?«

D'Avelon ließ das gesottene Ei, welches er eben beschäftigt war, aufzuschlagen, in den kleinen Becher vor ihm zurückfallen und sah überraschst auf.

»Weshalb sagen Sie das mit einem solch vermaledeiten diabolischen Tone, Ellen?«

»Ich habe Sie doch vorgestern ganz außerordentlich gespannt gefunden, seine Herkunft zu ergründen, Herr d'Avelon. Weshalb soll ich es jetzt nicht berühren?«

»Schlange, die Sie sind! was geht das Sie an?« rief Herr d'Avelon mit einem Tone aus, dessen Scherzhaftigkeit den Worten das Verletzende nehmen sollte und doch ein wenig rauh herauskam.

»Freilich, wenn es mich so viel angegangen, wie Sie, würde ich die Sache gründlicher untersucht haben,« versetzte Ellen kaustisch.

»Es scheint, daß Sie das auch jetzt nicht unterlassen haben; sprechen Sie aus, Ellen, was Sie sagen wollen!«

»Dieser Deutsche ist Ihr Neffe, und eigens hergekommen, um Sie von Haus und Hof zu verdrängen. Er behauptet, Sie hätten die Diamanten seiner Großmutter gestohlen, damit diese Ferme erkauft, und diese Ferme, das heißt Alles, was Sie besitzen, gehöre also ihm.«

Herr d'Avelon war sehr blaß geworden. Er richtete sich auf, verschlang die Arme über der Brust und starrte Ellen mit großen erschrockenen Augen an, die ganz das ihm sonst eigene Blinzeln verloren hatten.

»Er hat das,« fuhr Ellen unerbittlich fort, »Gaston de Ribeaupierre ganz offen und unverhohlen gestanden, er hat Gaston mit einer wahrhaft unverschämten Naivetät auseinandergesetzt, daß Valentine nichts besitze, nichts erben werde, daß er Herr all Ihres Eigenthums, Ihres letzten Francs sei … daß … hören Sie mich, Herr d'Avelon?«

»Ich höre Sie, Miß Ellen … fahren Sie fort,« sagte Herr d'Avelon, sehr rasch nach einander aufathmend und sich dann, wie vollständig gefaßt auf Alles, was noch kommen könne, in seinen Sessel zurücklegend.

»Erschrocken über diese entsetzliche Mittheilung,« erzählte Miß Ellen weiter, »hat Gaston von Ribeaupierre …«

»Sie darin eingeweiht!«

»Mich darin eingeweiht, weil er meiner Hülfe bedurfte.«

»Ihrer Hülfe, zu was?«

»Um mit seinen Arbeitern kommen und in Ihrem Hause diesen entsetzlichen Deutschen *ohne* viel Lärm aufheben und als Kriegsgefangenen irgendwo, recht weit von hier, gründlich unschädlich machen lassen zu können.«

»Ah … deshalb stand er an der Spitze dieses wüsten Gesindels?«

»Er wollte Sie retten, Herr d'Avelon … Sie retten mit größter eigener Gefahr, denn es entging ihm keinen Augenblick, daß die Deutschen eine Untersuchung anstellen und daß sie ihn verfolgen und, wenn sie seiner habhaft würden, unerbittlich mit ihm verfahren würden! Das hat Gaston für Sie thun wollen und zum Dank brechen Sie ihm Ihr Wort und geben dieser kindischen, so wenig Stunden alten und ganz wahnsinnigen Neigung Valentinens nach!«

»Mein Wort hat Gaston nicht,« antwortete halblaut d'Avelon und starrte dann stumm vor sich hin.

Nach einer Weile stand er auf und ging, die Hände auf dem Rücken, langsam auf und nieder. Ellen folgte schweigend mit ihren Blicken seinen Bewegungen. Da er nicht wieder zu reden anhub, sagte sie endlich:

»Sie sehen ein, daß Gaston etwas Anderes von Ihnen zu erwarten befugt ist, als – einen lakonischen Abschied. Wenn auch alle Verhältnisse nicht wären, wenn auch Gaston nicht der Erbe von Givres wäre, so wäre doch er nebst *mir*« – Ellen betonte das ›mir‹ – »bis jetzt glücklicher Weise der einzige Eingeweihte in …«

»Ach, lassen Sie mich in Ruhe mit Ihrem Gaston, Ellen! Der Teufel danke ihm dafür, daß er hat – meine Vorsehung spielen wollen! Er mag wie ein Franzose darüber denken, über den Deutschen, und glauben, daß gegen den Deutschen, den Feind, Alles erlaubt sei – ein schlechter, hundsföttisch schlechter Streich war's doch, den er ausführen wollte.«

»Er wollte Sie eben retten.«

»Retten? Ich brauche seine Rettung nicht. Er soll mich ungerettet lassen hinfüro … statt dessen mag er hingehen und mir nachsagen, ich sei ein Diamantendieb … meinethalb! Es ist so, leider! Ich war einmal ein tückischer, verbissener Bursche, der glaubte, ein Unrecht wett machen zu dürfen. Ich habe mich seitdem mit meinem Gewissen darüber auseinander gesetzt; was Gaston darüber sagt, ist mir weniger wichtig. Denn wissen Sie, Ellen, am Ende hat Monsieur Gaston mit seinen Reden mehr mich als ich ihn zu fürchten. Wenn er mir öffentlich nachsagt, ich habe Diamanten gestohlen, so erkläre ich, das sei eine abscheuliche Verleumdung, mit der er sich rächen wolle für den Korb, den ihm Valentine gegeben. Wem wird man mehr glauben, ihm oder mir? Was wird man für wahrscheinlicher halten, daß ich ein Dieb, oder er ein rachsüchtiger Mensch? Außerdem giebt es ein Tribunal erster Instanz, einen Procureur der Republik und

Huissiers in Neufchateau, die man in Bewegung bringen kann, um Menschen, welche mehr schwatzen, als sie beweisen können, nachdrücklich zur Ruhe zu verweisen.«

»Sie nehmen die Sache heute sehr phlegmatisch, Herr d'Avelon!« erwiderte Ellen giftig. »Sie waren jüngst, als Sie so erschrocken die Herkunft des Deutschen erfahren wollten, nicht so ruhig!«

»Nein – und das war natürlich! Damals trat ein wildfremder Mensch vor mich, den ich fürchten mußte. Mit meinem Schwiegersohne kann ich mich verständigen – er wird mich begreifen; die Wendung, welche die Dinge genommen haben, entschädigt ihn für Alles – zwischen ihm und mir steht heute nichts mehr!«

Ellen zuckte die Achseln.

»Auch nicht einmal mehr ein Verdacht? Flößt Ihnen Valentinens Schicksal so wenig Sorge ein?«

»Sorge? Valentinens Schicksal? Weshalb mehr, als ein Vater immer Sorge hat, wenn er durch die bittere Nothwendigkeit, sein Kind fortgeben zu müssen, hindurch muß?«

»Es liegt doch nahe genug, daß dieser Herr Max von Daveland Valentine nur umstrickt und sich gewonnen hat, weil es für ihn die bequemste und kürzeste Weise ist – mit Ihnen abzurechnen!«

»Mein Gott, wir haben genug gesehen, um zu wissen, daß Valentine ihn liebt; muß ich nun nicht Gott danken, daß ich auf diese Weise jeder Abrechnung entgehe?«

»Und das hoffen Sie – bei einem dieser zähen, filzigen, verbissenen, keine Schonung und keinen Edelmuth kennenden Deutschen? Ich hätte Ihnen so viel Naivetät nicht zugetraut, Herr d'Avelon ...«

»Und ich, Miß Ellen,« fiel d'Avelon unwillig und jetzt die Geduld verlierend ein, »Ihnen nicht so viel Mißtrauen und Kälte bei Valentinens Glück. Noch weniger so viel ruhige Gewissenlosigkeit, wie dazu gehörte, Gaston's infame Pläne wider meinen Gast zu unterstützen.«

»Wir gewahren also Beide, daß wir uns in einander getäuscht haben!« rief Miß Ellen mit einem sehr stolzen und verachtungsvollen Aufwerfen des Kopfes aus.

»Es scheint so!« antwortete Herr d'Avelon lakonisch.

Miß Ellen mochte berechnen, daß der Schwiegervater eines Mannes, welcher, was er besaß, in Zukunft nur der Großmuth seiner Kinder verdanken würde, für sie eine weit weniger begehrenswerthe Partie sein würde als der Schwiegervater Gaston's von Ribeaupierre gewesen sein würde, welcher letztere ihr in Bezug auf die Sicherung ihrer Zukunft goldene Berge versprochen hatte. Sie that nichts, sie sprach kein Wort, den sich vollziehenden Bruch aufzuhalten, dem Zerwürfniß zuvorzukommen. Viel weniger noch that es d'Avelon. Er war empört über Ellen's Parteinahme für Gaston, der unrettbar bei ihm verloren war, empört über Ellen's Unterstützung eines Anschlags, welcher der offenbarste Verrath war, und wüthend zugleich über sich, daß Ellen's Worte trotz Allem, was er ihr gesagt, doch so viel Gewalt über ihn hatten; daß sie ihm doch eine peinigende Sorge in's Herz geflößt um die Redlichkeit der Absichten des Mannes, den er so bereitwillig in seine Arme geschlossen – um das Glück, das seine Tochter, sein einziges Kind bei ihm finden werde, um die Scenen auch, die er einst vielleicht mit diesem Schwiegersohne haben werde, wenn dieser mit seinen Rechten gegen ihn auftreten würde.... Herr d'Avelon hatte lange genug unter praktischen Leuten in einer egoistischen Welt gelebt, und trug selbst den Ruhm, ein praktischer Mensch, ein guter Rechner und ein scharfer Vertheidiger seines Rechtes zu sein – wie mußte er nicht voraussetzen, daß Ellen Recht haben und daß mit diesem Schwiegersohne eine harte Zeit des Kampfes für ihn kommen könne! Er hatte erfahren, daß sein Bruder sich des alten Stammgutes entäußert, daß er, ohne Vermögen zu hinterlassen, gestorben – Max mußte also in Bezug auf das Mein und Dein desto schwieriger zu behandeln und gründlich in den Werth irdischer Güter eingeweiht sein. Und wenn er wirklich nur nach der Ferme des Auges gekommen, um mit ihm in's Gericht zu gehen, wenn er sich Valentinens Neigung erschlichen, ohne ihr Gefühl zu theilen, dann hatte d'Avelon sich in trauriger Weise überrumpeln lassen, als er ihm sein einziges Kind in die Arme gelegt.

Herr d'Avelon war über dies Alles sehr niederschlagen. Er ging auf und ab, und wieder auf und ab, und fühlte die Last auf seinem Herzen nur schwerer werden. Er ließ endlich Miß Ellen dasitzen, ohne weiter ein Wort an sie zu richten, ergriff seinen Hut und ging auf den Hof hinaus, um frische Luft zu schöpfen und nach seinen Leuten zu sehen, sie an die Arbeit zu schicken – das zerstreute ihn immer am besten, das sich ihm aufdrängende praktische Bedürfniß des Tages vertrieb ihm peinigende Gedanken am schnellsten.

Als er auf dem Hofe angekommen war, hörte er den Hufschlag eines Pferdes; aufschauend erblickte er Gaston, der zwischen den aufwärts führenden Hecken herab auf den Hof zugesprengt kam. Herr d'Avelon ging ihm entgegen. Gaston, der sehr erhitzt aussah, war bald an seiner Seite, parirte sein Pferd und zog, ehe er ein Wort gesagt, ein Papier aus seiner Brusttasche hervor, das er mit triumphirender Miene d'Avelon überreichte.

»Was haben Sie da?« sagte d'Avelon, nicht sehr erfreut über die Erscheinung zu ihm aufblickend, mit sehr barschem Tone, »was ist das?«

»Etwas,« rief Gaston aus, »was mir Ihre Verzeihung erwirken wird, wenn Sie mir nämlich den nächtlichen Ueberfall nicht ganz vergeben haben sollten, Herr d'Avelon. Dies Papier wird Ihnen die Sache in einem anderen Lichte erscheinen lassen. Sie ahnten nicht, welchem thörichten und in seiner Thorheit doch so hinterlistigen Menschen Sie in diesem deutschen Officier Ihr Haus geöffnet hatten; und auch nicht, welche Sorge um Ihr Wohl und Ihre Ruhe mich leitete, als ich in der Nacht diesen Narren unschädlich zu machen suchte. Sie wissen, daß es mir nicht gleich gelang, später lief mir der Unglückliche jedoch selbst in die Hände, ich brachte ihn nach Givres – und dort bewog ich, zwang ich ihn durch sehr entschiedene Erklärungen, dies Document auszustellen, – lesen Sie es, lesen Sie – Sie werden überrascht sein, wenn Sie erfahren, um was es sich gehandelt hat… und ich denke, Sie werden Gaston von Ribeaupierre danken …«

»Ich danke Ihnen in der That,« rief d'Avelon, das Blatt lesend, aus, indem ein heller Ausdruck der Freude auf seine Züge trat – »Sie wälzen mir mit diesem Blatte eine schwere Last von der Brust… Sie müssen wissen, Gaston, daß ich im Begriffe stand, wegen Ihres schändlichen Complots wider meinen Gast für immer mit Ihnen zu brechen, so schwer es mir geworden wäre, dem Sohne Ihrer braven Mutter gegenüber. Jetzt bringen Sie mir diesen Schatz, dies Blatt, welches mir Schwarz auf Weiß beweist, welch guter, ehrlicher, uneigennütziger Mensch Max Daveland ist, indem er freiwillig diesen Verzicht ausstellte – freiwillig, sag' ich, denn was Sie da fabeln von Zwang und Erklärungen, davon glaub' ich nicht das Mindeste – er ist nicht der Mann, sich von Ihnen einschüchtern zu lassen! Sie bringen mir den Beweis, wie unnütz und lächerlich meine Angst war, er könne Streit und Hader mit mir beginnen wollen, – wahrhaftig, Gaston,« rief Herr d'Avelon tief aufathmend aus, »mag vorgefallen sein, was da will, ich werde Ihnen nicht vergessen, daß Sie in einer der beklommensten Stunden meines Lebens mir dies Papier gebracht haben; es ist nicht erfreulich, fürchten zu müssen, man habe nicht allein sein Kind hingegeben, sondern man solle auch noch verurtheilt werden …«

Gaston unterbrach ihn hier, heftig rief er aus: »Was zum Henker reden Sie da, Herr d'Avelon? Sein Kind hingegeben? Sie haben nicht Valentine …«

»Nein, Gaston, Sie haben Recht,« versetzte d'Avelon, die Verzichtleistung seines Neffen sorgsam gefaltet in seine Brusttasche steckend; »hingegeben? nein! ich bin sehr wenig dabei in Frage gekommen; Valentine hat sich selbst ihm gegeben und daran ist nun nichts zu ändern… Sie müssen sich darein finden!« –

»Valentine hat sich… ah, Sie halten mich zum Narren, d'Avelon!«

»Es ist, wie ich Ihnen sage. Valentine ist die Braut meines Neffen Max von Daveland. Es ist eine Thatsache, Gaston, und die Thatsachen sind zuweilen brutal, wie Sie wissen.«

»Und das sagen Sie mir, mir in's Gesicht? …«

»Verlangen Sie, daß ich es Ihnen schreiben soll?«

Gaston v. Ribeaupierre starrte ihn, ohne zu antworten, mit wüthenden Augen an; Herr d'Avelon erwiderte seinen Blick mit einer trutzigen und eisernen Ruhe, vor der Gaston endlich nichts zu thun wußte, als einen Fluch und eine furchtbare Drohung auszustoßen, sein Pferd zu wenden und heimzureiten.

Gaston war in der That in diesem Augenblicke von dem heftigsten Rachedurst erfüllt; noch ehe jedoch die Hufe seines Pferdes das Pflaster auf dem Schloßhofe von Givres erklingen ließen, hatte er sich gesagt, daß für ihn auf der Ferme des Auges nichts mehr zu gewinnen sei, und daß seine Rachepläne auch beim besten Gelingen ihm weder Valentine noch die Ferme jemals einbringen würden. Und Gaston war nicht der Mann, seine Haut zu Markte zu tragen, wenn kein Gewinn für ihn dabei war.

Max Daveland konnte also ganz ungehindert und unbeunruhigt, so lauge Void seine Garnison blieb, seiner Liebe leben und, so oft nur der gestrenge Hauptmann v. Sontheim Urlaub gab, zur Ferme hinübersprengen, um halbe Tage dort zu verleben. Die Stunden verrannen dort um so glücklicher für ihn, als er sich dem guten Glauben hingab, daß sein Oheim nichts davon ahne, wie nahe durch die Geburt der erwählte Schwiegersohn ihm stehe. Valentine ahnte ja gewiß nichts davon; Herr d'Avelon machte nie die leiseste Anspielung auf dies Verhältniß – Max glaubte sicher sein zu können, daß nicht der leiseste Gedanke daran in dem Manne sei, den er trotz seiner Jugendsünde jetzt so aufrichtig achten und ehren konnte. Endlich freilich mußte das Geheimniß zu Tage kommen, und das war im Sommer des Jahres 1871, als Max nach geschlossenem Frieden, seinem Berufe wiedergegeben und frei von Uniform und Pickelhaube, zur Verbindung mit Valentine nach der Ferme des Auges zurückkehrte. Es waren zum Abschluß der Verbindung einige leidige Documente nöthig, welche Max Daveland in großer Gemüthsbewegung seinem Schwiegervater vorlegte. Dieser überflog sie und sagte dann ernst lächelnd:

»Du hast ein wenig arg Verstecken gespielt, lieber Max, gegen Deinen alten – Onkel!«

»Ist das nicht das Recht des Liebhabers in jedem Lustspiel, mein theurer Oheim?« antwortete Max, überrascht und zugleich sehr erfreut über diese ruhige Aufnahme, welche die Sache bei seinem Oheim fand.

»In einem Lustspiel,« versetzte d'Avelon, »... Du hast Recht, es ist gottlob so etwas d'raus geworden...aber das Stück begann vor vielen Jahren mit einem, glaube es mir, für mich sehr ernsten, sehr tragischen Act, dessen Inhalt ein Conflict zwischen Rechtsgefühl, Zorn und Gewissen war. Lassen wir heute die Erinnerung daran: es ist genug, daß wir dankbar anerkennen, wie es heute Euch jungen Leuten so viel leichter gemacht wird, im Leben durch Muth und Kraft voranzukommen, als es bei uns Alten der Fall war – ich mußte damit beginnen, Diamanten zu rauben ...«

»Und ich,« fiel lebhaft Max ein, »erhalte den größten Edelstein der Welt geschenkt ...«

»Nein, nein,« rief d'Avelon, die Hand gerührt auf Maxens Schulter legend, aus – »Du erkaufst ihn Dir ehrlich und vollwichtig durch ein reines, ein braves Herz!«

Er umarmte ihn, und dies war die erste und letzte Erwähnung, welche zwischen ihnen gemacht wurde von den Diamanten der Großmutter!

*   *   *

www.ingramcontent.com/pod-product-compliance
Lightning Source LLC
LaVergne TN
LVHW020934200726
843506LV00011B/1993